나는 아무것도 하기 싫다

세상을 이기는 청개구리 이야기

라온 글·그림

H i m c h a n B o o k s

머
리
말

삐딱이는 가식적이고 이중적인 사람들에게 강펀치를 날리고 싶어 하는 불만 유전자가 많은 인물이다. 생존 매커니즘 불만 유전자는 같잖은 것들에게 휘둘리지 않고 스스로 의지의 주인이 될 것을 주문한다.

현실성 제로인 이상주의적 사고보다는 냉소적이지만 자가 검열, 불평, 불만을 통찰하고 받아들여 스스로 극복하고 투쟁하는 것 외에는 아무도 나를 구해주지도 달라지지도 않는다는 사실을 깨우치기를 바란다.

따라서 구상하고 진격해 나아가는 삶의 틀에서 발전과 변화를 꾀하고자 한다면 그 여정이 험난하더라도 삶의 질을 좌우하는 철학과 처세술로 중무장하고 현재와 미래를 씩씩하게 살아갈 것을 독려한다.

대부분 삶은 3만 번의 낮과 밤으로 이루어진다. 절대 짧지 않은 시간이지만 그것을 어떻게 활용하고 어떤 삶을 선택하느냐에 따라 삶의 패턴이나 길, 질은 달라진다. 어떤 삶을 선택할 것인가!

목
차

1. 삐딱이의 세상 보기 | 통념을 깨는 '삐딱이'식 사고

2. 견해도 상식이 따라야 펼쳐진다 | 삐딱이 용어사전

3. 삐딱이 중심점 ㅣ삐딱이 행동사전

4. 나는 삶이 만만하다! ㅣ삐딱이의 세상 읽기

5. 아픈 자위 | 삐딱이의 반성 수첩

6. 판도라의 상자를 깨고 열어야 한다! | 삐딱이의 행동 강령

7. 틀을 벗어난 생각의 자유 | 삐딱이의 교훈

8. 네 마음이 보인다, 보여!

프
롤
로
그

세상에서 제일 좋은 것도 사람이고, 제일 무서운 것도, 가
장 어려운 것도 사람이라고 한다. 이 말은 사람이 문제인
동시에 사람이 곧 해답이라는 말이다.

그 해답을 찾아가는 여정에 '삐딱이'가 있다. 삐딱이는 이
중적이고 가식적이고 가증스러운 인간말종들의 천적이다.
다름과 차이를 고려하지 않고 자신의 편리와 입장만 주장
하는 자들에게 본때를 보여주며, 엎히고 체한 듯 느글거리

던 속을 시원하게 뚫어주는 탄산음료 같은 후련함을 지니고 있다.

삐딱이는 "거센 파도가 유능한 선장을 만들고 뜨거운 불에 달구어진 쇠가 더 좋은 연장이 된다."는 논리를 따라 개념을 안드로메다로 보낸 '뻘짓'들에 대해 삐딱이 특유의 독기로 당당히 맞설 것을 주문한다.

1

삐딱이의 세상 보기

통념을 깨는 '삐딱이'식 사고

통념을 깨는 '삐딱이'식 사고_1

'그냥'은 자신이 없다는 말 ㅣ 여자의 마음을 낚으러 시도 때도 없이 꽃과 선물을 준비하는 남자! 얼핏 굉장한 로맨티시스트 같지만 이런 습성의 남자는 대체로 속 빈 강정과도 같다. 이벤트를 반복한다는 건 그것이 동반되지 않은 상태로는 자신이 없기 때문이다.

가짜가 더 진짜 같다 ｜ 시시한 인간들은 신문과 잡지, 책들의 요약문을 수박 겉핥기식으로 읽고 그것이 마치 자기 삶의 모토이자 철학인 양 멍멍댄다.

공범 ｜ 모든 사람이 한목소리로 손가락질하고 비난하는 일이더라도 '너'만은 그러지 말라는 것은 싸질러 놓은 일의 공범자, 즉 금속 팔찌 커플이 되자는 의미이다.

기회 | 사람에게는 누구나 인생역전을 할 수 있는 세 번의 기회, 조류가 있다. 큰물을 타면 순풍에 돛 단 듯 순항을 하게 되지만 이를 놓치면 진창에서 허덕이는 삶을 살게 된다. 현재 허덕이는 삶을 사는 사람은 모두 기회의 조류를 놓쳤다는 방증이다.

나름의 무게 | 세상에 걱정 없는, 근심 없는 사람 없다고 하지만 사람마다 걱정과 근심의 질량과 무게는 제각각, 절대 공평하지 않다.

너나 잘하세요 ｜ 한 어른이 아이에게 물었다. "커서 뭐가 되고 싶니?" 아이가 답했다. "아저씨 꿈이 뭐였어요? 꿈이 참 형편없었나 보네요?"

높이의 결정자 ｜ "산은 높아도 제 높이요, 낮아도 제 높이라."라는 말이 있듯이 주변에서 떠들썩하게 인정하고 추켜세워도, 또는 반대의 경우라도 실제가 그렇지 않으면 달라질 건 없다. 높이의 결정자는 바로 나, 스스로 갈고 닦아 도달한 것이 아니면 모래 위의 성일 뿐이다.

능력 | 하고 싶은 일과 할 수 있는 일을 구분하자. 할 수 없는 일에 하고 싶다는 열정만으로 덤볐다간 무지와 무능력만 증명될 뿐이다.

돈 | "돈이 인간을 행복하게 하지는 않는다."는 입에 발린 소리는 필요한 만큼 가진 자들의 기름 낀 멍멍이 소리다.

물 | '나'를 물, 물, 물로 보지 마! 나는 너의 마중물이 될 수도 있고 대통물이 될 수도 있고, 악취 나는 썩은 물이나 똥물이 될 수도 있으니까!

바보짓 | 사람들은 인간관계에서 상대와 많은 것을 공유하고 속을 털면 털수록 더욱 돈독해지고 사이가 가까워질 거라 믿는다. 하지만 모찌모찌한 허심탄회는 골수를 쪽쪽 빨리는 회생 불능한 꼴통 짓임을 기억하자.

바보짓이 약이 된다 | 똑똑한 해결사보다는 조금은 모자란 듯 부족해 보이는 어리바리가 속 편하다. 해결사는 여기저기 불려 다니느라 제 실속을 못 차리고 피곤하지만, 어리바리는 제 밥그릇도 못 찾을까 오히려 챙김을 받는다. 티 났어?

박수 소리 | 자리에 연연하지 않고 떠나는 이를 배웅하는 박수 소리 중 가장 힘찬 박수 소리는 호시탐탐 일인자의 자리를 노리던 잣 같은 이인자의 박수 소리다.

반론 | 소박한 행복이란 거창한 행복을 누릴 수 없는 자의 자기 위안에서 나온 말이다. 왜 행복이 꼭 소박해야만 하는가? "행복은 거창한 것이 아니다!"라고 주장하는 인간들도 운 좋게 선택권이 주어지면 거창한 행복에 몰방한다. 진실에 불충실한 입바른 소리는 이제 집어치우자.

발연기 | "취한 김에 한마디 하는데…" 주사라고 보기엔 너무도 어설픈 주접, 그 핵심은 무얼까? 다음날, "어제 내가 좀 심하게 과음을 했나 봐! 하나도 생각이 안 나네. 혹시 실수한 거 없지?" 능청 떨어봐야 다 알고 있다. 취중을 빙자한 주사가 오래전에 짠 각본이고, 리허설까지 거친 연기라는 사실을. '발연기'였다는 게 안타까울 뿐이고… 맨정신으로 못 하는 말을 알코올 힘을 빌려서하는 지질함의 증명일 뿐이다.

벼랑 끝 | 최상이 아니면 어떤가. 벼랑 끝에 서 봐야 뛰어내릴 것인지, 목숨을 바쳐 살 것인지 결정하게 된다.

수많은 안녕 | 안녕! 안녕? 안녕. 누군가에게 습관처럼 건네는 이 인사는 어떤 의미의 안녕인가!

쉽게 자신을 허락하면 머리까지도 잃는다 | 남들의 요구를 들어주고 그들의 뜻과 입맛에 따라 움직여주고 기대에 부응하는 것이 가치 있는 일이라 여기는 것은 구시대적 통념이다. 입장과 주장, 거절을 앞세우면 이기적이고 뻣뻣한 인간으로 취급될 것 같은 두려움 때문에 매번 부탁을 들어주고 있다면 통제와 지시에 길든 개로 살겠다는 것이다. "내가 이렇게 된 건 다 너 때문이야!" 매사 남의 탓으로 돌리는 싸가지가 바가지인 인간말종들의 전형적인 멘트, 이런 인간들과는 관계의 고리를 댕강 끊어버려야 한다.

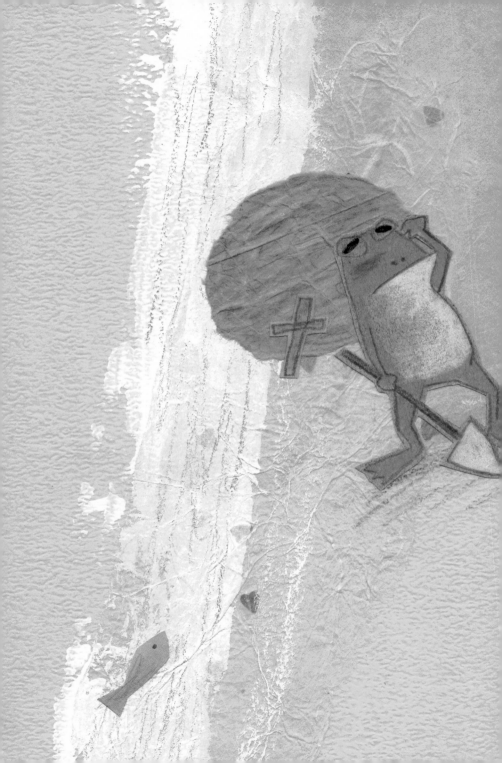

삽질 ｜ 달걀로 백날 바위를 쳐 봤자 달걀만 깨지고, 바위에 머리 박아봤자 머리만 깨진다. 되지도 않을 일을 무모하게 시도하고 시간이 해결해 줄 거라 착각하지 마라. 시간은 부질없는 삽질로 허비하라고 주어진 것이 아니다. 삽질을 멈추는 명약은 '주제 파악'이다

어쩌나 보자는 심보 | 상대에게 명분 없이 무언가를 바란다면 염치없는 일이지만, 그것이 아니라면 자신의 요구를 명백하게 표현하는 것이 덜 밉다. "어떻게 하는지 두고 보겠어."라는 의뭉스러움으로 주둥이를 꾹 다물고 있다가 기대에 어긋나면 토라지고 화를 내는 행위는 상대에게 "이게 누굴 산타인 줄 아나?" 생각하게 만들어 줬던 선물도 뺏고 싶게 만든다. 제발, 주둥이 묵념하고 있다가 나중에 '진상' 떨지 말고 '소쿨(so cool)'하게 요구를 밝혀라.

연관 | "젊어 고생은 값을 치르고도 한다."라고 말한다. 그렇다면 늙어 고생은 무엇인가? 젊은 날 값을 치르고 경험했어야 할 과정을 생략한 날탕의 몫이란 말인가?

염치 | 빈번한 배려와 양보의 부작용으로 그 수혜자는 그것이 자기 권리인 줄 착각하고 빚 독촉하듯 끊임없이 요구한다. 요구에 부응하지 않으면 어느 순간 나쁜 년, 나쁜 놈이 된다.

이렇게 살다 죽지 뭐! | 자신의 치명적인 허물과 단점을 잘 알고 있으면서도 그것에 대한 보완이나 극복 노력을 하지 않는다는 것은 스스로 주인 노릇을 포기하고 노예로 살다 죽겠다는 것이다.

잃어봐야 안다 ㅣ 사람들은 부지불식간에 심리적으로 나쁜 것에 더 끌리는 경향이 많다. 그래서 어느 순간 희생적으로, 순정적으로 자신만 바라보고 힘든 시간을 함께 견뎌온 상대가 구질구질한 과거의 회로를 보는 것 같아 생트집을 잡아 급정리해 버린다. 그리고 자신도 똑같은 입장으로 취급되고 버림받은 후에야 잣 같은 선택을 후회한다.

입장의 차이 ㅣ 때린 놈은 합의금 걱정에 다리를 못 뻗고 자도 정작 맞은 놈은 맷값으로 받게 될 합의금으로 뭘 할까 궁리하며 두 다리 뻗고 잔다. 가진 게 없으면 간, 쓸개 다 내놓고 장작으로 빙의해 참고 살아야 한다.

즐거움 제공자 | 인간은 모름지기 남의 불행과 고통을 보고 그 일이 자기 일이 아니라는 것에 안도하며, 평화로운 일상을 즐긴다.

취미와 직업의 차이 | 사람들은 쉽게 말한다. "하고 싶은 일 하면서 돈 벌어 좋겠다."라고. 하지만 좋았던 일도 직업이 되면 그때부터 지긋지긋해진다.

풀린 시대 ┃ 풀린 시대를 살아가는 세대— 풀렸다는 것은 언젠가는 다시 얽매이고 묶일 수 있다는 방증이다. **해석의 기준** ┃ 현실적 결정을 내렸다. 원하는 것을 얻기 위해 나는 이제부터 뻔뻔해지기로 했다. 목표를 달성하기 위해 철저히 '쌩까기'로 했다. 그러자 사람들은 "저놈이 이제 막가는 인생을 살겠다는 거네."라로 해석했다. 쩝!

자가진단을 해보자.

- 어떠한 경우든 먼저 나서서 일을 도맡아 책임지려 한다.
- 모든 일에 '나' 없이는 일이 제대로 돌아가지 않을 거로 생각한다.
- 딱히 바쁜 일이 없어도 빈둥빈둥 놀거나 편히 쉬는 건 죄라고 생각해 끊임없이 일을 만들어 몸을 혹사한다.

세 가지 유형 중 어느 것 하나라도 해당한다면 당신은 메시아 콤플렉스(Messiah complex) 장애를 앓고 있다. 이 장애의 증상은 자대형 망상으로 늘 자신이 나서서 사람들을 도와야 한다는 생각에 모든 일에 솔선수범하려 들고 그로 인해 들어도 그만 안 들어도 그만인 칭찬 따위로 존재성을 확인하고 하잘것없는 그 칭찬이 삶을 살아가는 이유라 여긴다.

통념을 깨는 '삐딱이'식 사고_2

그들에게는 게임이다

지속해서 누군가를 학대하는 사디스트들은 맨 처음 약간의 우회적인 방법으로 상대를 테스트하며 상대가 방어력이 있는지 없는지를 가늠해본다. 이때 거칠게 대응하지 않거나 두려워하는 자세를 취하면 사디스트는 학대의 단계를 상향 조정해가며 상대를 점점 무기력하게 만든다.

학대자는 행위가 게임이라고 생각하고 룰을 정하고 게임을 승격하려는 것이 일반적이다. 쌍방의 합의로 서로 학대하고 학대받는 행위를 즐기는 사드 마조히즘 환자가 아니라면 최초 폭력이 시작된 그 시점에서 용서하거나 침묵해서는 안 된다.

힘으로 대응이 안 될 때는 상대가 무방비 상태일 때 골로 보내겠다는 독함으로 철저히 응징을 가해야 한다. 응징 방법은 범죄의 수준을 넘지 않는 선에서 본때를 보여주는 것이 좋다. 그래야만 상대가 "잘못하다간 이 또라이한테 맞아 뒈질 수도 있겠구나!" 하며 포기한다.

파괴자

우리의 내부에는 불평불만을 생성하는 기관이 있다. 그 기관은 반대와 회의 기관으로 그것에 양분을 주어 육성하면 할수록 점점 강성해져 끝내 한 기관으로부터 종기로까지 변형해 뿌리를 내리고 가지를 쳐 그 주위에 유해한 부식작용을 미치게 하여 모든 좋은 요소를 제거하고 숨을 끊어버린다. 여기에 후회, 비난 그 밖의 불합리 등이 더하게 되면 결국 타인과 자신에 대한 정당성을 상실해 버린다.

“
인간은 끊임없이 건설하고
또 끊임없이 파괴하는 존재다.
”

용서하거나 침묵하지 말라

처녀가 아기를 가져도 할 말이 있다 하듯이 사기꾼과 상습범 또한 자신의 행동에 대한 동기가 있다. 그들은 악마적 본능의 저장고가 비지 않도록 성실히 사냥과 비축을 해놓는다.

부작용

사람들은 관계 형성이 이루어지면 서로에 대해 자기개시를 한다. 자기개시 속에는 상대가 어떤 가정에서 어떤 학창시절을 보냈는지, 또 그가 좋아하고 싫어하는 것이 무엇인지… 등등에 관한 다양한 정보를 제공한다. 이어,
"누구에게도 털지 않은 비밀인데 너한테만 털게."
라는 말은 이만큼 내 속을 까뒤집었으니 너 또한 까집어 보란 뜻이다. 하지만 섣불리 속을 털었다간 스스로 입을 쥐어 뜯어버리고 싶은 상황에 맞닥뜨리게 된다. 상대가 아무리 알랑알랑해도 비밀은 비밀로 남겨두는 것이 구설에 휘말리지 않는 대책이다.

욕이다!

누군가 당신에게 "늘 한결같네!"라고 하는 말은 '늘 그 모양 그 꼬락서니'라는 말로 해석하면 된다. 사람은 절대 한결같을 수 없다. 인간의 본성은 고정된 것이 아니라 상황에 따라 달라지는 것이 정상이다. 그런데도 "늘 한결같네!"라고 말한다면 칭찬이 아닌 욕으로 받아들여라. 유능한 사람일수록 뻔하지 않은 인격, 뻔하지 않은 모습으로 권태감을 초래하지 않는다.

미친놈, 안 미친놈

진짜 미친놈은 자기가 절대 안 미쳤다고 한다. 그런데 안 미친놈이 "미치겠네!" 하는 건 미쳐버릴 만큼 절박하다는 것이다. 상상력이 현실이 되는 퓨처 마킹(Future Marking) 시대에 낙오되지 않기 위해서 최선을 다한다는 것만으로는 힘들다. '똘기', 광기, 희한한 정신세계로 제대로 '빽가야' 정상으로 살 수 있는 시대다.

영역표시

동물들의 세계에서는 자신의 배설물을 통해 제 영역을 표시한다. 사람들 관계에서도 이런 현상을 발견할 수 있는데, 특히 조직사회에서 퍼스널 스페이스(Personal Space)는 동물의 세계보다 더 살벌하고 잔혹하다.

새로 들어오는 사람들에 대해 경계하고
배제하려 든다면,
스스로 '나는 동물의 습성을 가졌다!'고
인정하는 것이다.

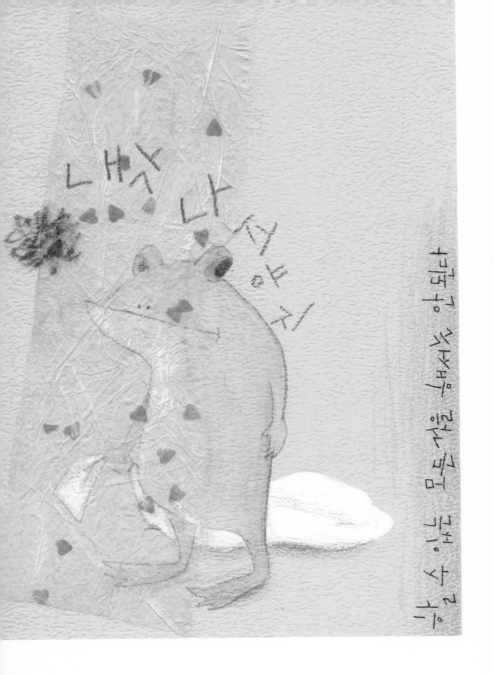

누군가는 해야 할 궂은일?

스스로 도우미임을 자처하는가? 성실하게 묵묵히 일하면 반드시 알아준다는 생각은 쌈 싸 먹어라. 시키지도, 혹은 대가도 없는 허드렛일을 '맡아 하리'로 도맡아 하다 보면 결국엔 허드렛일 해결사, 궂은일 적임자, 도우미로 낙인찍힐 것이다.

재미 득템

구경 중에 제일 재미있는 게 싸움 구경이다. 그렇다고 살벌하게 흉기나 주먹을 휘두르는 싸움이 아니라 여자들끼리 서로 머리를 쥐어뜯고 엎치락뒤치락하는, 권투로 비유하자면 인파이터에 가까운 싸움이 그 어떤 드라마보다 짜릿하고 재미있다. 그래서 싸움이 벌어지면 그 많은 사람이 갑자기 어디서 튀어나왔을까 싶을 정도로 순식간에 벌떼처럼 모여들어 그들이 더 격렬히 싸우기를 내심 바라는 광경을 목격하게 된다. 그걸 잘 알기 때문에 삐딱이는 아무리 뜯고 싸울 일이더라도 길 한복판에서는 절대 안 싸운다. 골이 마실 나가지 않은 이상 남들에게 거저 재미를 주는 선행 따위는 베풀고 싶지 않다.

때로는 무모하게

목표한 바를 이루기 위해서는 용의주도한 것보다는 오히려 무모하게 고고 하는 편이 좋다. 운명의 신은 여신이라 변덕스럽고 예측할 수가 없다. 여신을 정복하려면 일방적으로 주도해 나가기도 하고 걷어차 버리기도 하는 과감성이 필수다. 운명은 냉정한 자세를 취하는 사람에게 순종하고 지배당하는 편이다. 요컨대 운명은, 진중하지 않고 거칠며 대담하게 '맞짱'뜨려는 자에게 더 매력을 느낀다.

새치기

성공하기 위한 공격적인 덕목이 있다. 무엇보다 자신의 불완전함을 절대 티 내지 말 것이며, 기회를 예의주시하는 주의력과 다른 사람에게 갈지 모르는 기회를 재빠르게 낚아채는 뻔뻔함과 대담성, 낚아챈 기회를 최대한 빨리 활용하는 민첩성이 필요하다. 성공의 사다리를 오를 때 누군가 새치기하려고 한다면 사정거리에서 있는 힘껏 발로 걷어차야 한다.

행방 묘연

"언제든 힘들면 힘들다, 아프면 아프다고 말해. 옆에 있어 줄 테니."라고 입버릇처럼 말하던 절친이 정작 그와 같이 말하는 순간 연락을 끊고 행방이 묘연해졌다.

나쁜 놈, 나쁜 년들은 당당하게 말한다.
고맙긴 뭐가 고마워, 저 좋아 한 짓인데…

인사치례

입버릇처럼 하는 일상생활의 인사치례, "밥 한번 먹자!" 살면서 골백번도 더 들은 것 같다. 정작 그 말대로 밥을 먹었으면 배 터져 죽었겠지만, 행인지 불행인지 밥 한번 먹자고 줄창 외치던 몇몇 인간들은 말의 토씨만 바꿔가며 또다시 "밥이나 먹을까, 언제 밥 먹어야지?" 한다. 급기야 '쉐끼! 이거 누굴 밥도 못 먹는 거지로 아나?'라는 삐딱한 마음이 들기도 하고, 이제부터 그런 인간들에게는 "정확히 언제?"라는 약속을 받아내 입에 발린 야부리는 못하게 해야겠다.

소주 한 잔 살게!

이 말은 큰돈을 써가면서 대접하고 싶진 않고 그저 소박하게 처먹여 줄 테니 큰 기대는 말라는 뜻으로 해석하면 된다.

입장

미쳐서 미친 짓을 해봐야 광인의 처지와 기분을 알고, 비 오는 날 머리에 꽃 꽂고 돌아다녀 봐야 '아, 꽃은 화병에만 꽂는 것이 아니구나!' 깨닫게 된다.

대상

누군가로부터 질투와 미움, 시샘을 받고 있다면 그것은 부러움의 대상이 되었다는 것이다. 반면 양보와 보호, 배려의 대상으로 취급된다면 제 밥그릇도 못 찾아 먹는 칠푼이로 인식됐기 때문이다.

유효기간

미움을 견뎌낼 배짱이 없다면 사랑하겠다는 마음도 갖지 마라.
사랑에는 유효기간이 있어 기간이 만료되면 '너 없인 못 살아!'가
'너 때문에 못살아!'가 된다.

"해 줄 수 있을까?"

상대가 부탁을 해오면 되도록 천천히 대답하고 쉽지 않다는 표정과 제스처를 취해라. 순순히 상대의 부탁과 요구를 들어주면 그는 '별 어려운 일도 아닌가 보네!'라는 생각을 하고 후에 더 무례한 부탁을 하게 된다. 더 나아가 흔쾌한 승낙은 부탁이 아니라 시건방진 지시가 되어버린다.

자격

새로운 도전은 이미 시도했던 도전을 성공으로 이끈 자의 자격이다. 시도했던 도전에 대한 포기와 실패는 캐 삽질하는 호전되지 않는 습관이다.

표현하라

기분이 나쁘거나 감정이 상했다면 감정이 상했다는 것을 강하게 어필하라. 쿨한 척, 아무렇지 않은 척 입 다물고 있으면 '너한테 이 정도는 해도 되는구나!' 하고 바지저고리 취급을 한다. 그런 취급이 억울하면 감정을 정확히 자각하고 분명히 표현하라.

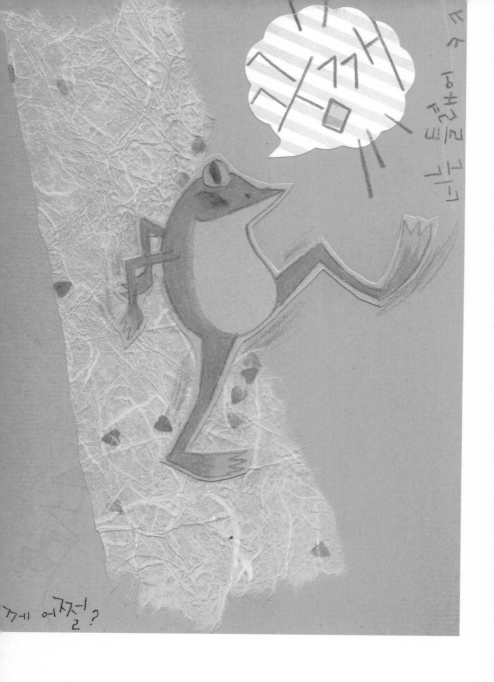

이상과 현실의 괴리

희망은 희망일 뿐이고 꿈은 꿈일 뿐이다. 희망이나 꿈은 곯은 배를 채워주지는 않는다. 꿈을 먹고 사는 사람은 꿈 코스프레 짓만 하다 골로 간다.

적을 수 있음 적어봐!

업무상 전화 통화로 상대의 메일 주소나 웹하드 주소를 메모해 문서를 발송하는 일이 왕왕 있다. 그런데 이 과정에서도 상대의 싸가지와 성깔이 고스란히 느껴질 때가 있다. 주소를 알려주는 과정에서 어떤 자들은 받아 적어야 하는 상대에 대한 배려가 전혀 없이 마치 '받아 적을 수 있음 적어봐'라는 식으로 속사포처럼 혼자 지껄이고, 재차 물으면 대번에 말귀도 못 알아듣는 자, 업무 능력이 꽝인 쌍놈로 몰아붙이며 온갖 구박을 팥 다발로 쏟아낸다. 속으로는 '뭐 이런 미친, 확~' 하는 마음이 들면서도 '그래. 늬 나발 후딱 못 알아 적은 내가 죄다!'란 마음으로 불편함을 추스른다.

버리고 또 버리기

정리정돈에 가장 필요한 요소는 무엇보다 물건이 많지 않아야 한다. 많은 물건은 정신적으로 부정적인 영향을 끼치고 삶 자체도 뒤죽박죽 환장하게 만든다. 정리정돈도 안 하면서 계속 물건을 사들이고 필요 없는 물건을 버리지 못하는 진상을 하더(hoarder)라고 부른다. 강박적 축적 장애인은 물건을 버리지 못하는 일종의 강박 장애, 강박 축적을 겪는 인간이다.

 강박적 축적 장애인 자가진단 테스트

1. 여기저기 나와 있는 물건이 많지만 어디에 수납을 해야 할지 모르겠다.
2. 엄두가 나질 않아 청소할 기분이 안 든다.
3. 쓰지 않는 물건들이지만 그 물건에 담긴 추억과
   본전 생각에 못 버리겠다.

테스트 질문 중 두 가지 이상의 복합형은 99.99% 하더일 가능성이 높다. 살아생전 많은 물건을 제대로 정리하지 않고 골로 간다면 남은 가족들은 당신의 죽음을 애도하고 슬퍼하기보다 드디어

지긋지긋한 물건을 치워 버리게 된 것을 기뻐할 것이다. 그것이
억울하면 토 달지 말고 물건을 정리하라.

말이야 똥이야

"아직 불행하지 않습니다!"란 말은 곧 불행해질 거라는 암시?

"죽고 싶어!"라고 말하면서 죽지 않는 이유?

"진짜 미치겠다!"라고 하면 상황에 따라 가짜로 미치기도⋯?

꼴값 전문가

유독 자신이 하는 일에 대해 '가오'나 허세가 심한 인간들이 있다. 자신이 몸담은 분야의 일은 너무나 전문적이라 아무나 할 수 없다는 말로 온갖 똥폼을 다 잡는다. 그런데 하는 일을 들여다보면 결국엔 다 그 일이 그 일이고, 반복해서 그 일만 하다 보면 칠푼이들도 전문가 소리를 듣는 일이다. 제발 어쭙잖게 전문가 행세로 꼴값 좀 떨지 마라.

때

무릇 모든 일은 이루어지는 '때'가 있다. '때'가 모두에게 오긴 한
다. 개떡 같은 마인드로 시간을 허비하며 떵까떵까 허송세월 보
내고 나면 골로 가야 하는 '때'를 영접하게 된다.

아니면 말고

우선순위에서 '첫 번째, 제일 중요한 사람'이라고 떠벌리던 인간이 중요 기념일을 얼렁뚱땅 넘기고 이제는 오래전에 한 약속조차도 지키지 않는다면 이젠 볼 장 다 본, 단물 빠진 풍선껌으로 취급되고 있다는 것이다. "단물 쪽쪽 빨아 처먹고 인제 와서 쌩까네?"하고 훌쩍거려봤자 비참함만 더한다. 행여 미련을 갖고 관계를 회복해 보겠다는 지질함으로 시간을 엿가락처럼 질질 끌면 상대는 더 멀리 토끼고 싶어진다. 매달릴수록 더 비참해지고 진상으로 취급되는 자존심 가출한 짓거리는 제발 하지 말자.

때론 바닥이 속 편하다

나쁜 놈이라 손가락질받던 인간이 깨알 같은 선행을 베풀면 개과
천선했다고 칭찬받지만 선하다, 착하다 칭송받던 인간이 운수 사
납게 나쁜 짓에 휘말리게 되면 그동안 베풀었던 선행은 가증스러
운 위선으로 패대기쳐진다. 평소 너무 잘하려고 하지 말고 중간
만 하자. 그것만이 추락을 대비한 충격완화 현실 매트리스이다.

본성

인간은 본래 간섭과 구속을 참지 못한다. 이유 불문 간섭과 구속을 당하면 자유를 향해 뛰쳐나가려 발광하는 것이 본성이다. 사랑한다는 이유만으로 끝없이 상대를 구속하고 소유하려 든다면 파괴적인 관계로 치닫는 지름길임을 이마에 새기자.

옳고 그름을 판단하는 심판자도 안내자도 되지 마라

누군가에게 충고나 조언을 하려고 한다면, 더더욱 그 사람의 운명을 좌우하는 충고를 하려면 상대가 처한 정확한 상황과 정보부터 파악하라. 자신이 살아온 꼴 같지 않은 경험의 잣대는 자칫치명적인 독이 된다. 충고나 조언을 구하고 그에 따라 일 처리가이루어져 긍정적인 결과를 얻는다면 다행이지만, 만일 그와 반대인 개 같은 결과로 결론 지어진다면 상대는 두고두고 일을 망치게 한 원수로 원망할 것이다. 특히 재물과 관계된 간섭은 흥하면은인이지만 망하면 졸지에 '내 재산을 말아먹은 놈!'이 돼 버린다는 점에서 오지랖 대왕 짓은 안 하는 게 좋다.

2

견해도 상식이 따라야 펼쳐진다

이것만은 꼭 알아두자 :

세상을 이기는 삐딱이 용어사전

다 보고 있다

사회를 통제하는 관리, 권력, 혹은 그러한 사회체계를 일컫는 용어인 '빅 브러더'는 조지 오웰의 소설에서 비롯되었다.

조지 오웰의 작품이 쓰인 이 시기만 해도 빅 브러더는 사실상 소설에나 등장하는 가상과 허구의 세계인 비현실적인 것으로 여겨졌다. 하지만 현재 우리가 살아가는 이 시대에 소설 속의 그것과 흡사한 감시체계가 현재에 그대로 실현되고 있다.

실제 사회에도 범죄를 예방하고 개인의 안전을 도모한다는 명분 아래 거리 곳곳, 건물 구석구석에 설치된 CCTV나 카메라가 끊임없이 사람들을 감시하고 일상을 지켜보고 있다.

톨레랑스 Tolerance
다름과 생각의 차이

톨레랑스란 관용이란 의미의 프랑스어로 자신과 다른 생각, 상대방의 입장과 권리를 받아들이고 용인한다는 뜻이다. 종교에 대한 군주의 태도, 즉 덕(아량), 관용을 나타내는 말이었지만 현재에는 자기 뜻을 고집하기보다는 타인의 생각과 입장을 받아들이고 합일점을 찾아 생각을 조율하고 서로 공존해 나가는 지혜로움을 나타내는 말로 쓰인다.

그 예로 톨레랑스를 실천하였던 프랑스 전 대통령 샤를 드골(Charles De Gaulle)의 일화를 소개하자면, 그가 최고 통치 권력자라는 권좌에 오르게 되자 그를 지지하던 참모진들로부터 평소 드골의 정책을 깎아내리고 비판했던 프랑스 실존주의자 장 폴 사르트르(Jean Paul Sartre)를 구속해 권력의 쓴맛을 보여주자는 부추김을 받게 된다. 하지만 샤를 드골은 쓴소리 또한 귀담아듣는 것이 올바른 정치인의 자세라며, 참모진들의 의견을 일축해버렸다.

머머리즘 Mummerism
진정한 등반은 길이 끝나는 곳에서 시작된다!

어려운 루트. 등반 형식을 집약적으로 표현한 용어 '등로주의'라는 이 말은 등반 시 정상에 올라가기만 하면 된다는 '등정주의'와는 반대되는 개념으로 19세기 말 영국의 전설적인 등반가 앨버트 프레더릭 머머리(Albert Frederic Mummery)의 이름을 새긴 말로 등정 결과보다는 얼마나 더 다양하고 어려운 루트의 등반 과정을 직접 개척해 등반했느냐에 더 의미를 둔 등반 정신을 의미한다.

이 용어의 창시자는 앨버트 프레더릭 머머리를 빗대어 현대 등반의 비조, 등반사의 반항아라고 부르기도 하는데 그는 "길이 끝나는 곳에서 등산이 비로소 시작된다."라고 믿었다. 남이 먼저 올라 개척된 길에 대해서는 참다운 등반이라 생각하지 않았고 새로운 등정, 길만을 고집하였던 그는 1879년 나이 23세에 마터호른(Matterhorn)의 츠무트 능선(Zmutt Ridge)을 등반하였고, 1881

년에는 그레퐁(Grepon)을 초등반하였다.

그레퐁 초등반은 츠무트 능선 초등반과 더불어 암벽 등반의 새로운 장을 열었고, 머머리즘(Mummerism)을 탄생시켰다. 하지만 모험에 따른 위험을 마다하지 않았던 그는 1895년 히말라야의 낭가파르바트에서 실종되었다.

이매진 Imagine
전설 속의 나라

'상상하다'란 뜻의 이매진은 BC 19~960년경에 존재했다고 전해지는 전설 속의 나라다. 다양한 인종으로 구성되어 살았던 이곳 사람들은 성선설에 가까운 성품으로 평화를 사랑하고 예술을 사랑하며 살았다. 그들은 간혹 분쟁이라도 생기게 되면 분쟁을 풀기 위해 지금의 축구경기와 유사한 '슈태리'라는 경기로 화해와 단합을 촉진하였다. 페어플레이 경기 후 경기에서 패한 패자 마을의 사람들은 결과에 승복하고 승자 마을에 자신들이 소중히 여기던 물건과 음식을 선물하고 승자의 마을을 청소해주는 벌칙을 수행하였다. 이매진 사람들의 생활 지혜로는 이야기나 전달 사항을 전하기 위해 줄을 연결하여 줄의 섬세한 떨림을 통해 의사소통하는 것이었다. 현재 우리의 상식으로 "그게 가능해?" 하지만 이매진의 유일한 통신 수단이었던 줄은 꽤 요긴하게 사용되었고 서로를 진(zine)으로 부르며 친밀하게 지냈다.

이매진이 세상에 알려지게 된 것은 1096년이다. 제1차 십자군 전쟁에 참여한 한 순례자가 터키 해안에서 폭풍우에 휘말려 죽음 직전까지 가게 되었는데 그때 마침 한 남자가 그를 구조하여 이매진에 데려오게 되었다. 사람들은 순례자를 극진히 보살펴 주었고 순례자는 이매진의 매력에 푹 빠져 고향에 있는 가족을 데려오기 위해 이매진을 떠나게 된다.

순례자는 폭풍에 실려 인도로 가게 되고 그곳에서 아라비아의 상선을 얻어 타고 다시 지중해로 갔다가 그리던 고향으로 돌아오게 되었다. 그런데 어찌 된 일인지 그의 가족과 친구들은 이미 오래전에 늙어 죽고 없었다. 그제야 순례자는 이매진에서의 시간이 잠깐이 아닌 수십 년의 세월이 흐른 것이었고, 그런데도 자기는 조금도 늙지 않았다는 사실을 깨닫게 된다. 하지만 사람들은 순례자의 말을 믿어주지 않았고 그를 미치광이 취급하였다.

순례자는 사람들로부터 놀림을 받으며, 서서히 늙었고, 죽는 순간까지 이매진을 그리워하였다. 이매진이라는 나라 이름은 여기서 유래하였고, 이매진을 모티브로 존 레넌은 그곳을 갈망하듯 '이매진'이라는 노래를 만들었다. 이매진에 대한 갈망은 비단 존 레넌뿐만이 아니었다. 〈오즈의 마법사〉 저자 프랭크 바움, 〈이상한 나라의 앨리스〉 저자 루이스 캐럴, 〈피터 팬〉의 저자 제임스 매슈 베리 또한 이매진의 산실에서 영감을 받아 작품을 탄생시켰다.

널뛰기하는 세 마녀

미국 월 스트리트에서 처음 만들어진 '트리플 위칭데이'는 '세 마녀가 널뛰기하는 날'이란 의미가 있다. 증권 시장에는 거래가 성립되는 시점과 대금 결제 시점이 동일한 시장을 말하는 현물 시장과, 큰 것에서 분리되어 작은 것이 모여 한 단위로 형성되는 파생시장이 있다. 또한, 파생시장에는 선물 시장과 옵션 시장이 있다.

선물 거래란 정해진 기간과 가격으로 거래 내용과 조건이 표준화된 특정 자산을 거래소에서 인도 미인수하기로 약속한 거래를 말하며, 옵션이란 이미 정해진 기간과 가격으로 사거나 팔 수 있는 권리를 의미한다.

선물과 옵션은 매월 두 번째 목요일이 만기일로 지정되어 있는데 선물 만기는 3개월 단위로 3월, 6월, 9월, 12월로 나뉘어 있고 옵션 만기는 각 달 두 번째 목요일로 지정되어 운영된다.

트리플 위칭데이는 증권 시장에서 주가지수 선물, 주가지수 옵션, 개별 종목 등 세 가지 주식 상품의 만기가 동시에 겹치게 되는 날을 의미하는 것으로, 마치 세 명의 마녀들이 재주를 부리며 증권가의 현물 시장을 뒤흔들어 매우 혼란케 한다는 말이다. 증권에 종사하는 사람들은 트리플 위칭데이를 호환 마마보다 더 두렵고 무서운 공포로 몰아가는 충격적인 상황으로 여긴다.

흑묘백묘 黑猫白猫
쥐만 잘 잡으면 된다

흑묘백묘는 '부관백묘흑묘, 능조도로서취시호묘(不管白猫黑猫, 能抓到老鼠就是好猫)'의 줄임말이다. 1970년대 덩샤오핑이 중국의 경제 부흥을 위해 자주 사용했던 용어로, 1979년 중국의 개혁과 개방에 앞장섰던 덩샤오핑이 미국 방문 후 자국으로 돌아와 일관되게 주장했다. 그 의미는 자본주의든 공산주의든 구별 없이 빈곤에 허덕이는 인민을 잘 먹고 잘살게 하는 것이 최우선 정책이라는 얘기다. 덩샤오핑의 경제 정책은 중국이 비약적인 경제 발전을 이루는 데 큰 성과를 이루었고, 더 나아가 기존의 공산주의 체제를 유지하는 정경분리의 정책으로 중국식 사회주의를 탄생시키는 원동력이 되었다. "부유해질 수 있는 사람부터 먼저 부유해져야 한다."는 <선부론>과 함께 덩샤오핑의 경제 정책을 나타내는 '흑묘백묘'는 한마디로 "모로 가도 서울만 가면 된다."라는 말과 같다.

제 돈 주고 사는 게 바보

소비 지향적인 현대사회에서는 발품을 팔아가며 쇼핑하기보다는 가정에서, 사무실에서 인터넷으로 물건을 선택하고 주문한다. 이런 추세에 따라 상품을 판매하는 판매자나 기업에서 상품 판매에 따른 갖가지 부작용을 겪게 되는데, '악동 소비자(체리 피커)'가 그 대표적인 예다. 체리 피커를 직역하면 '맛있는 체리만 빼먹는 얌체족'이란 뜻이다. 체리 피커는 기업의 서비스나 유통 체계의 허점을 이용해 필요기간 동안 상품이나 서비스를 주문했다가 필요기간을 취하고 난 뒤 트집을 잡아 반품하는 행위를 반복한다. 이런 행위는 판매자에게 적지 않은 피해를 주지만 적극적인 대응은 불가피하다. 결국, 그 대응책으로 상습적 행태를 보이는 소비자 명단(블랙리스트)을 작성하여 공동 대응하는 '디마케팅(Demarketing)'을 시행하기도 하지만 체리 피커들은 뛰는 놈 위에 나는 놈 있듯이 또 다른 교묘한 방식으로 대응책을 피해 얌체 짓을 멈추지 않는다.

남자의 참 멋은 근육질

미와 풍요의 여신 아프로디테의 아들 에로스는 실수로 아프로디테에게 금빛 화살을 쏘고 말았다. 화살을 맞은 아프로디테는 화살의 효능을 알고 있어 누군가를 사랑하게 될 것을 염려해 효력이 소멸할 때까지 숲속에 들어가 있어야겠다고 생각하였다. 그런데 숲을 향하던 중 마침 사냥을 하고 있던 청년 아도니스와 정면으로 부딪치고 말았다. 아도니스는 에로스의 화살이 아니더라도 누구든 반할 만큼의 수려한 외모에 멋진 체격 조건을 가지고 있었다. 아프로디테는 아도니스의 남성적인 근육질의 몸과 외모에 반했고, 아도니스는 아프로디테의 아름다운 자태에 빠졌다. 미술 조각상 중 남성의 상징으로 알려진 아도니스 상은 많은 남성에게 근육질의 몸을 만들어야 한다는 강박관념을 갖게 하였다.

상대의 행동과 습관, 정서까지 닮는다.

싱크로니 경향이란 좋아하거나 사랑하는 사람끼리 서로 닮아가고 생체리듬까지 같아지는 경향을 나타내는 심리학 용어이다. 싱크로니의 어원은 1995년 인노히데아키가 만든 총 26회로 되어 있는 일본 애니메이션 〈신세기 에반게리온〉에서 비롯했는데, 주인공 이카리 신지와 로봇의 육체적·정신적 교감 정도, 일치 비율을 칭했던 것에서 유래한 용어다. 소울 메이트라 여기는 친구나 연인, 부부 사이에서 행동과 감정표현, 성향이 유사한 경우를 발견하게 되는데, 이런 경우들을 싱크로니 경향이라 할 수 있다. "끼리끼리 논다."든지, "내 안에 너 있다."라는 유명한 대사도 이러한 경향의 하나라고 하겠다.

주지육림 酒池肉林
인공 연못과 정원

술이 연못을 이루고 고기가 숲을 이룬다는 뜻. 주지육림은 퇴폐와 환락, 방탕이 극에 달한 생활을 꼬집는 고사성어다. 이 말의 유래는 중국 역사상 폭군의 대명사로 알려진 하(夏)나라 걸왕이 통치 시절 술과 미색에 빠져 국정을 돌보지 않아 나라를 멸망의 길로 접어들게 하고, 종국에는 은나라 탕왕에게 죽임을 당한 일에서 비롯되었다.

걸왕은 싸움에서 이긴 유씨 정국에서 공물로 얻게 된 희대의 요녀 매희를 만나게 되면서 악행과 폭군 기질이 극에 달하게 된다. 남다른 힘과 지략을 갖고 있던 걸왕은 진상품으로 바쳐진 매희를 보자마자 송두리째 마음을 빼앗긴다. 걸왕은 매희의 요구에 따라 궁정 한 모퉁이에 연못을 만들고 그곳을 술로 가득 채우고 낮과 밤을 가리지 않고 수천의 궁녀들과 더불어 춤을 추고 술을 마시며, 방탕한 놀이를 즐겼다. 그 모습을 보다 못한 신하들이 충언을 올렸지만 걸왕은 단칼에 목을 베거나 쫓아내 버렸다. 그리고 얼마 후, 호시탐탐 하(夏)나라의 정벌을 노리고 있던 은나라 탕왕이 혼란에 빠진 하(夏)나라를 멸망시켰다.

여피족 & 슬로비족 yuppie & slobbie
삶의 선택

여피족은 도시 주변을 주된 생활기반으로 지적 작업에 종사하는 네오 리버럴리즘 지향의 젊은이들을 가리키는 말로 젊음(young), 도시화(urban), 전문직(professionals)의 머리글자 YUP에 히피를 본떠 IE를 덧붙인 용어다. 격동기를 살았던 부모 세대들과는 달리 여피족들은 풍요로움 속에서 생활하며 고등 교육을 받고 문명의 혜택을 충분히 누린 데 이어 도시에서 그에 걸맞은 직장, 전문직에 종사하는 사람들이다. 이와 비슷한 의미로 부유층의 사람들을 지칭해 '부르주아(Bourgeois)'라고 하지만 현대에 와서는 이 단어보다는 여피족이란 단어가 주로 통용된다.

귀공자풍 젊은이들의 삶인 여피족 삶이 최고의 삶은 아니다. 이에 도전장을 내민 슬로비족은 천천히 그리고 더 훌륭하게 일하는 사람의 이니셜을 따 만든 용어로 여피족 삶만큼이나 매력적이다. 슬로비족은 비록 화려하고 풍족하고 전문직에 종사하지는 않지만 주어진 삶에 만족하며 천천히 삶을 즐기며 사는 이들을 일컫는다.

고르디아스의 매듭 Gordian knot
풀어야 할 문제나 난관

고대 프리지아는 내란이 거듭되어 혼란했다. 제사장이 신에게 해결책을 묻자 이륜마차를 타고 오는 첫 번째 사람이 그 문제를 해결하고 왕이 될 것이라 예언하였다. 농부였던 고르디아스가 이륜마차를 타고 나타나자 사람들은 제사장의 예언이 이루어진 것이라며 고르디아스를 왕으로 추대한다. 왕이 된 고르디아스는 나라를 평정했고 프리지아의 수도인 고르디온을 세웠다. 고르디아스는 왕이 된 기념으로 신전에 자신이 몰고 온 마차를 전리품으로 묶어 두었는데, 이 매듭의 꼬임이 어찌나 견고한지 누구도 그 매듭을 풀지 못하였다. 이로 인해 누구든 그 매듭을 풀면 아시아의 지배자가 될 것이라는 신탁이 전해졌고, 야망에 불탄 젊은 이들이 너도나도 매듭을 풀기 위한 도전을 이어갔다.

얼마 후 이 사연을 알게 된 알렉산더는 신전을 찾아갔고 그 매듭을 보자마자 단칼에 매듭을 잘라 버렸다. 매듭을 푸는 방법의 차이는 극명하지만, 결과적으로 묘책으로 매듭을 푼 알렉산더는 신탁대로 대왕이 되었고, 이집트를 정복하여 세계 최대의 도시를 건설하였다.

하지만 알렉산더는 32세란 나이에 말라리아로 단명하고 알렉산더 대제국은 4개 지역으로 나뉘고 말았다. '고르디아스의 매듭'에 대해서는 알렉산더 대왕이 매듭을 잘라 버린 행동이 지혜로운 결정이었다는 긍정적인 의견도 있지만, 반대로 얽힌 매듭을 잘라 버렸기 때문에 뒤끝이 좋지 않게 된 것이라는 부정적인 의견도 있다.

끝없는 욕심과 탐욕의 경계

그리스 아테네에서 솜씨 좋기로 유명한 다이달로스(Daidalos)는 세상에서 자기가 최고라는 거만함에 빠져 교만과 악행을 일삼았다. 다이달로스를 괘씸하게 여긴 미노스 임금은 다이달로스를 그의 아들 이카루스와 함께 미궁(迷宮) 뾰족탑에 가둬 버렸다. 라비린토스(미궁)에 갇힌 신세가 되어버린 다이달로스는 날마다 궁전을 탈출할 방법을 연구하였는데 그 방법의 하나로 새처럼 하늘을 날아 탑을 빠져나가는 것이었다.

실험을 거듭한 끝에 드디어 날개가 완성되자 다이달로스는 아카루스에게 날개를 달아 주고 날갯짓하는 방법을 알려주었다. 이카루스는 드넓게 펼쳐진 푸른 하늘에 새처럼 몸이 날아오르자 아버지의 당부는 까맣게 잊은 채 욕심을 내어 높이 더 높이 창공을 향해 힘찬 날갯짓을 하여 이글거리는 태양 가까이 가게 되었다. 그러자 뜨거운 열기에 날개를 덧붙인 밀랍이 녹아 깃털을 떨

구었고, 그제야 아버지 당부를 떠올린 이카루스는 추락하지 않기 위해 힘차게 두 팔을 휘저었지만 결국 깃털과 함께 바다에 떨어져 죽고 말았다.

잡노마드 job nomad

평생직장?
내가 나를 고용한다!

자기만의 삶과 여유를 갈망하는 자유로운 사고방식에 따라 일자리를 선택하는 현대인들에게 이제 '평생직장'이라는 말은 개념을 상실한 말이다. 직장인 10명 중 절반 이상이 욕구와 능력에 따라 직장을 선택하고 바꾸는데, 그들을 '잡노마드족'이라고 한다. 시대의 흐름과 조류에 맞춰 평생직장의 개념이 사라지고 능력과 구미에 맞춰 이곳저곳 직장을 옮겨 다니며 "스스로를 고용한다." 는 잡노마드 시대에 한 직장에서 평생을 종사한다는 것은 안드로메다가 되었다.

콜필드 신드롬 Caulfield Syndrome
누구에게든 말하지 마라! 그리워지기 시작하니까!

사춘기 청소년들이 겪게 되는 심리적 변화는 무엇보다 삐딱함이다. 이 삐딱함은 얼핏 불만과 반항으로 해석되어 주변 사람들을 당황하게도 하고 심하게는 주먹을 부르기도 한다.

"누구에게든 아무 말도 하지 마라. 말을 하면 모든 사람이 그리워지기 시작하니까." 이 구절은 20세기 미국 최고의 소설로 평가되는 제롬 데이비드 샐린저의 〈호밀밭의 파수꾼〉에서 주인공 홀든 콜필드가 독백처럼 내뱉은 말이다. 뉴욕 맨해튼의 부유한 집안의 둘째 아들 홀든 콜필드는 명문 사립 펜시고등학교 재학 중 5과목 중 4과목에서 낙제점을 받고 퇴학 조치 후 학교를 나와 2박 3일 동안 집 밖에서 방황하며 가정이 아닌 사회에서 색다른 경험을 하게 된다. 그리고 집으로 다시 돌아오기까지 소년이 겪게 되는 일련의 사건에 관한 이야기를 독백 형식으로 이어가며, 그가 깨닫게 되는 사회의 어두운 면과 스스로에 대한 예민한 성

찰을 보여준다.

존 레논을 암살한 레논의 광팬 마크 체프먼이 체포 당시 이 책을 갖고 있었고, 암살 동기를 묻는 질문에, "거짓과 가식에 대한 홀 든 콜필드의 절규 때문이었다."라고 대답하면서 〈호밀밭의 파 수꾼〉은 유명세를 더했고, 전 세계적으로 더욱 주목을 받게 되 었다.

3

삐딱이 중심점

―――

반목과 질투가 난무하는 세상,
삐딱이는 자신만의 지렛대로
삶의 균형을 잡는다.

믿는 것이 실제로 이루어진다는 생각은 버려라.

아무 이유 없이 일어나는 나쁜 일은 없다. 그 씨를 눈치채지 못했을 뿐이다.

남들이 모두 예스라고 할 때 나만 노우를 외치면 정신머리 놀러 나간 또라이로 인식될 수 있다.

경쟁에서 밀리지 않기 위해서는 어떤 상황에서든 파이터가 될 태세를 갖춰라.

겁을 상실한 놈이 너의 왼쪽 뺨을 갈기면 공평 배분의 원칙+덤으로 놈의 오른쪽, 왼쪽 싸다귀를 왕복으로 갈겨라.

내 마음이 네 마음일 거라는 착각은 최면에서 빙의체로 유도되었을 때뿐이다.

별 영양가 없는 날 선 신경전은 애저녁에 관둬라.

"피할 수 없으면 즐겨라."는 입바른 소리는 피할 수 없는 일을 당한 사람한테는 아가리를 묵념시키고픈 개소리다.

 아무 이유 없이 공짜로 물건을 주면 쉽게 버려진다.

 삶에 허락된 유효기간은 나이와 상관없이 당장 내일 기간만료가 될 수도 있다.

 NO를 생활화하라.

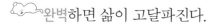 완벽하면 삶이 고달파진다.

 실수로 일을 그르쳤더라도 주눅들 것 없이 "사람이니까 그럴 수 있지."란 뻔뻔함으로 밀고 나가라.

 뭐 그다지 골똘할 필요 있어!

 친밀감을 강조하며 다가오는 인간은 "내 부탁은 선택이 아니라 의무다!"로 해석하면 된다.

불만은 창의적인 사고의 저장고다. 불만 사전이 두툼한 인간일수록 쉽게 권태를 느끼고 울화통을 터뜨린다.

비굴하기보다는 무례함을 선택하라.

"나는 아무것도 할 수 없어!"라고 믿는 순간, 생각은 곧 현실이 된다.

무턱대고 억지를 쓰고 우기는 것이 습관인 자에게는 때와 장소를 불문하고 더 큰 목소리로 대응하라.

화해할 마음이 없는 인간들에게 화해 주선하겠다는 것은 오지랖이 지랄인 거다.

아는 길도 물어가는 건 시간 낭비다.

끝없이 딴지를 걸고 개기는 인간을 두고 본다는 것은 스스로 '을'이라 인정한 것이다.

현재에 만족 못 하고 더 큰 것을 희망하지만 더 나빠질 수도 있다. 더 큰 것을 기대하기보다는 현상 유지만도 감사하자.

시간이 지날수록 입에 있는 사탕도 빼주고 싶은 사람이 있는가 하면, 알아가면 갈수록 확~ 묻어버리고픈 진절머리 나는 인간이 있다. 나는 어떤 유형의 인간인지 생각해보라.

새로 시작하는 일을 잘 못 한다고 기죽는 건 바보다. 같은 일을 반복하다 보면 얼마 안 있어 전문가 소리를 듣는다.

"개천에서 용 났다."라는 말은 집안이 별 볼 일 없다는 욕이다.

그 시대를 살아보지 않은 인간이 과거나 미래에 대해 잘 알고 있다는 듯 입 터는 건 사기꾼 기질이 다분하다는 것이다.

그동안 왜 몰랐냐고 자책하는 먹통들은 과거 잘못도 기억 못 한다.

"내가 세상의 중심이고 세상은 나를 중심으로 돌아간다."라고 믿는 무대뽀들은 흰 벽, 문에 철창이 옵션으로 달린 방안으로 곧 들어간다.

 "이길 가치가 있는 것에만 승부를 건다."고 야부리 까는 인간일수록 꼴 같지도 않은 조잡한 승리에 온갖 똥폼 다 잡는다.

 어렵게 부탁하는 거야! 그렇다면 나도 어렵게 거절할게!

 착한 사람, 필요한 사람이 되겠다는 생각은 자신의 삶을 타인과 50:50으로 나누겠다는 말이다.

 비밀을 지키는 굳건함은 입을 닫고 있는 것

거절이 캐안습으로 돌아온다면, "너희들은 나를 담을 그릇이 안 되니까!"라고 생각하자.

어차피 해서 안 될 일이어서가 아니라 시간이 없어 GG하는 거라고 생각하자.

 요괴의 팔다리처럼 굴신자재(屈伸自在) 움직이려면 독해야 한다.

 비굴하게 부탁하지 말고 뽀대나게 요구하라.

 말랑한 인간으로 살기보다 까칠한 밤송이 인간으로 사는 것이 속 편하다.

 무기력과 좌절의 마법을 풀 수 있는 마법사는 나 자신.

 후회 안 할 확신이 없으면 거절은 필수!

 현란한 말솜씨로 난해한 토론을 벌이는 자들은 상대의 기를 죽이려는 심보다.

뜬금없이 칭찬하고 살갑게 군다는 건 이제 곧 "너를 낚겠다.'라는 수작이다.

내일 아침에는 내일의 태양이? 그 태양 꼭 본다는 보장 없다. 밤새 안녕이란 말이 왜 있겠는가!

인생에 리허설 없다! 속도 제한이나 방향 지시등도 없다.

"시시한 놈이네!"보다는 "독한 놈!"이란 평판이 관계의 무게에 덜 눌린다.

4

나는 삶이 만만하다!

삐딱이의 세상 읽기 :

악인은 끝까지 악인이기를!

화낼 일에 악을 쓰는 인간보다
배시시 웃는 인간이 더 무섭다!

사람은 감정의 동물이다. 따라서 화낼 일에는 표정과 목소리 톤이 변하는 것이 당연하다. 다만 사회적으로 문제가 되는 간헐적 폭발 장애, 격분 장애, 갑질의 행태가 아니라면.

분명 화를 내고 거품 물을 일임에도 전혀 흔들리지 않는 나지막한 음성과 미동 없는 표정, 거기에 히죽히죽 미소까지 짓는다면 상대는 자신의 감정을 지나치게 잘 다스리는 고도로 훈련된 인간이거나, 혹은 상대에 대해 화낼 가치가 없어서 "감정낭비는 안 해!"라는 암묵적 무시, 더 나아가 자신이 어떻게 행동해야 상대가 더 굴욕적이고 치명적인지 아는 냉혈한이라 더 두렵다.

때문에, 화낼 일에는 그에 타당할 만큼 열라 화를 내고 침 뱉을 일에는 설령 웃고 있더라도 퉤퉤 침 뱉는 것이 더 뒤끝이 없고 인간적이다.

가장 완전한 것은 무엇인가 모자란 듯하다.
충만한 것은 텅 빈 것처럼 보이고,
크게 곧은 것은 굽은 것 같고,
가장 뛰어난 기교는 서투르게 보이고,
뛰어난 웅변은 눌변처럼 들린다.
이는 모두 외부의 대상에
마음을 빼앗긴 탓이다!

형편이 나아지면 그때

미식가인 그는 주변의 동료나 지인, 선후배에게 대접을 즐겨한다. 자신이 좋아하는 사람들과 맛있는 음식을 공유하고 시간을 공유한다는 그 자체를 자신이 하는 일만큼이나 삶의 중요한 요소로 생각하기 때문이다.

음식은 생존과 직결된 중요한 식(食)이지만 무엇을 먹느냐 뿐만 아니라 누구와 어디서 어떻게 먹냐 또한 삶을 윤택하게 하는 기쁨 중 하나다. 먹는 즐거움이 배가 되는 것은 무엇보다 함께 나눈다는 것에 그 의미가 깊다. 특히 식사를 통한 결속과 유대는 문명의 원초적 모티브다. '사람은 같이 밥을 먹어야 정이 든다.라'는 말도 그래서 생겨났는지 모르겠다. 생텍쥐페리가 <어린왕자>에서 "물은 마음에도 좋은 거야."라고 했던 것처럼 물뿐만 아니라 사람의 몸과 마음을 살찌우는 음식은 관계를 윤택하게 하는 훌륭한 문화다.

그래서인지 사람을 좋아하는 그는 상대에게 먼저 식사를 제안한다. 이것은 음식을 먹을 때 긴장감을 벗어던지고 가장 편안한 몸과 마음이 되어 상대와 친해지기 쉽기 때문이기도 하다.

그런데 이런 시간을 즐겨 하는 그에게도 나름의 철칙이 있다. 자신이 상대에게 밥을 세 번까지 샀는데도 상대가 자신에게 밥을 한 번도 사지 않는다면 그 만남은 더는 의미가 없다는 것이다. 더욱이 밥 한 끼 살 수 없을 정도의 형편이 아님에도 불구하고 밥한 번 사지 않는다는 건 관계유지의 필요성, 상대에 대해 지갑을 열 만큼의 가치를 느끼지 않기 때문이라는 것이 그의 지론이다. 풍족함이 넘쳐서가 아니라 청함이 고맙고 소중해 나름의 정성으로 초라하고 부족하더라도 응답함이 향기 나는 관계 예절이 아닐까 싶다.

가정교육

사람들은 친구 관계인 두 사람의 조합을 신기하게 생각한다. A는 어떤 환경, 어떤 장소에서든 늘 지나치게 자신의 권리를 주장한다. 그뿐만 아니라 나름 뽀대나게 자란 것들의 착각 모드로 모든 사람이 다 저한테 호의적이어야 한다고 생각해 끊임없이 요구하면서도 절대 미안해하지 않는다. 상위 10%에 속하는 은수저 집안에서 태어났고, 그에 걸맞은 사이비 가정교육을 원격으로 받았기 때문이다. 반면 1%에 해당하는 금수저 집안에서 태어난 B는 어떠한 경우든 조금의 불편, 불쾌함은 있을 수 있으며, 사람이 하는 일에는 허점과 실수가 따를 수 있고 언제든 역지사지를 염두에 두고 행동하였다. 이렇듯 두 사람이 다른 이유는 각기 다른 인성에 철학관을 가진 부모 밑에서 성장한 교육의 결과다.

내 팔을 함께 흔들어 줄 사람

때때로 자기 일을 남에게 간곡히 청한다. "잘 부탁합니다!" 혹은 "도와줘!"라고. 이 말처럼 뜬구름 잡는 말이 또 있을까! 인간은 모름지기 자신에게 이권이 생기지 않을 일에는 강 건너 불구경하기 식이다.

예외는 있다. 상대에게 빚을 진 경우와 그와 유사한 도움을 받았을 경우. 물론 빚에는 마음의 빚을 비롯해 다양한 형태의 빚이 있다. 그것을 청산, 보답하겠다는 마음으로 자기 일처럼 움직일 경우도 있지만, 대개는 "자기 일은 자기가 알아서 해야지. 지질하게 누구한테 뭉개!"라고 생각한다. 오히려 "사촌이 땅을 사면 배가 아프다."라는 심리로 될 성싶은 일에는 절친이라 믿었던 관계에서도 시기하고 질투하는 마음이 생겨 시기로 견제받지 않으면 다행이다.

하지만 이것을 탓할 수는 없다. 모름지기 그 처지가 되면 자신 또한 별반 다르지 않을 터이니 말이다. 따라서 상대가 아무런 이득이나 대가 없이 내 일을 자기 일처럼 팔 걷어붙이고 도와줄 거라는 믿음은 개념을 안드로메다로 여행 보낸 노답 착각이라는 것을 기억하자.

그런데도 착각을 현실화하겠다면 평소 주변 사람들에게 어떤 형태로든 빚 저축을 해놓는 것만이 절박한 순간에, 입으로만 외치는 의리가 아닌 행동으로 함께 내 팔을 흔들어줄 동지를 만드는 방법이다.

익숙함과 지겨움

신비주의는 연예인에게만 필요한 것이 아니다. 사랑하는 사람끼리는 많은 것을 함께 하고 생각과 마음까지도 공유함이 마땅하다고 말한다. 과연 그것이 바람직할까? 낯섦보다는 익숙함이 편하고 좋지만 익숙함에 길들면 조심과 긴장의 이유가 사라져 부끄러운 모습과 행위도 거침없이 행하게 된다.

흔히 "우리 사이에 뭘!"이라는 말로 경계의 벽을 무너뜨리지만, 그 벽이 무너지고 나면 편한 만큼 반드시 '지겨움'이라는 부작용이 따른다. 관계에서 지겨워진다는 건 그동안 서로 정서적, 감정적 밀착으로 이미 그 사람에 대해 너무 많은 행동의 유형과 패턴, 정보를 알고 있다는 말이다. 뒤통수만 보아도 마음 상태가 읽히고, 눈빛만으로도 생각과 행동을 꿰뚫는다는 건 신비감 제로로, 상대에 대해 더 이상의 환상이나 호기심은 없다는 것이다. 특히 이성 간에는 모든 걸 오픈하고 공유하기보다는 말 그대로 자신을

신비하게 만드는 전략인 신비주의를 유지하는 것이 사랑의 쫀득
쫀득함을 유지하는 기술이라는 것을 기억하자.

악인은 끝까지 악인이기를

모든 일에는 양면성이 존재하고 또 그래야만 흥미롭다는 공식 때문인지 방영되는 드라마에서는 하나같이 선과 악의 대립이 연출된다. 대체로 주인공은 성인의 반열에 오를 만큼 끝없이 선한 심성에 착하고 부지런하며 꿋꿋하기까지 하다. 헐!

반면 악한 인물로 묘사되는 작중 인물은 불평불만에 모든 게 남의 탓이고 내 것도 아닌 것을 가로채기 위해 어이가 가출하는 온갖 음해와 음모, 패악을 저지른다. 그러다가 "아! 꼴 보기 싫어! 뭐 저런 x이!" 하는 욕이 저절로 터져 나올 만큼 격한 감정의 포물선이 정점을 찍고 나면 그다음부터는 악행을 저지른 인물의 앙큼한 만행이 명명백백 다 드러나고 악행을 저지르던 싸가지는 궁지에 몰려 초라한 모습으로 자신의 잘못을 시인하고 개과천선을 약속하며 용서를 빈다. 이때 캐짜증 3종 세트에 부록 새끼 짜증까지 없는 기분이 들 만큼 악인의 방향 전환은 사람의 마음을 허망이 맥 빠지게 한다.

드라마에서뿐만 아니라 실제 우리 생활에서도 바득바득 이를 갈 만큼 못된 짓은 다 해놓고 궁지에 몰리게 되면 그때야 "진심이 아니었어!"란 말로 상처와 잘못을 무마하려는 가증스러운 인간들이 있다. 그들은 "내가 잘못했어!"에서 끝나는 것이 아니라 "용서해줘!"라고 지껄인다. 한마디로 이제 뉘우쳤으니 용서까지 하라고 종용하는 모양새다.

엄연히 용서의 몫은 피해자의 권리이다. 따라서 잘못을 저지른 꼴통이 뉘우쳤다고 해서 순순히 용서하는 것이 절대 미덕이 아니다. 쉬운 용서는 또 다른 문제의 행동을 낳는다.

개과천선? 절대 쉽지 않은 일이다.

쿨하게? 그게 돼? 밉고 싫은, 아니꼬운 것들은 안 보면 된다. 하지만 현실적으로 그것이 불가능하고 미운 놈에게 떡 하나 더 주기를 행해야 한다면 그 떡을 까나리 액젓으로 반죽하고 그 속에 겨자, 발각질, 코딱지 넣어 처먹이자. 눈에는 눈, 이에는 이라는 동해복수법에 기초해 더도 덜도 아닌 똑같은 무게와 질량으로 쌤쌤하는 것이 맞다. 간혹 희한한 정신세계를 지닌 인간들이 "좋은 게 좋은 거지. 쪼잔하게 뭘 그래!" 하는데, 삐딱이는 그런 인간들이를 옥수수 털듯 후드득 털어버리고 싶다.

독한 욕보다 못한 위로

고교 동창인 녀석은 입버릇처럼 말한다. 사람은 다 저마다 타고난 복이 있다고. 입 좀 닥쳐 줄래! 녀석의 지론은 우리가 흔히 말하는 성공의 요건에 걸맞은 여유로운 삶을 사는 인간들은 다 타고난 복이 있기 때문이고, 반대의 경우는 타고난 복이 꼴랑 그뿐이기 때문이라는 것이다. 사실 놈은 좋은 집안에서 태어나 그에 걸맞은 풍족함을 누리며 살고 있고, 무언가를 얻기 위해 아득바득하지 않아도 되는 말랑말랑한 삶을 살고 있다. 반면 흙수저라 자처하는 삐딱이는 스스로 버닝을 외치며 현실을 버티러 눈에 불 쏘시개 태워가며 빡세게 살고 있다. 그런데 친구랍시고 가끔 나타나 위로라고 건네는 놈의 노가리는 운명지어진 현실을 거스르기 위해 타임퓨어로 몸부림치고 있는 삐딱이로 하여금 "이거 진짜 쓸데없는 짓 하는 거 아냐? 정말 타고난 복이 이뿐인데 뻘짓을 하는 건가?'라는 생각을 하게 한다.

머리카락의 이중성

머리카락은 두피를 보호함과 동시에 자신의 개성을 표현하는 미의 척도다. 그래서 여성도 남성도 모발을 귀히 여기는데 특히 여성들은 희고 고운 피부 다음으로 풍성하고 긴 머리카락을 여성미의 상징으로 생각한다. 실제 찰랑찰랑, 윤기가 자르르 흐르는 풍성하고 긴 아름다운 머리카락은 신의 창조물 중 가장 아름다운 예술적인 작품이라고 할 만큼 매혹적이다.

하지만 그토록 성적 매력을 돋보이게 했던 머리카락도 두피에서 빠져 바닥에 굴러다니는 순간 더럽고 혐오스러운 존재로 인식된다. 행여 음식물과 한 몸으로 돌돌 말려있는 머리카락을 발견하게 되면 웩~ 비위가 상하고 입맛이 뚝 떨어져 숟가락을 던져 버리고 싶을 만큼 더럽게 느껴진다.

머리카락은 발생과 성장, 퇴화, 휴지기라는 성장주기에 따라 하루 50~60가닥 빠지는 것이 당연하지만, 빠진 머리카락은 왠지 흉

물스럽다. 새삼 머리카락이 갖는 아름다움과 역겨움이라는 이중성이 참 아이러니하다는 생각과 함께 무엇이든 제 자리에 있을 때 존재의 가치가 빛남을 깨닫는다.

괴로움을 이겨내는 꿀팁

의지와 상관없는 일이 벌어졌다. 마음의 균형을 잡고 그 일로 받은 충격과 상처를 잊기 위해 눈에 보이는 일에만 집중하기로 했다. 일은 산재해 있었다. 그것도 성공을 장담할 수 없는 서툴고 생경한 일들로… 시작부터 지친다. 과연 잘 해낼 수 있을까? 능력을 의심해 보지만 고통을 잊기 위해 스스로 토닥이며 무작정 시작해 보기로 했다. 어설프고 서툴러 수차례 실패했지만, 실패의 씁쓸함은 좌절과는 또 다른 오기와 배짱을 발동하게 했고 점차 벌어졌던 일에 대해선 '그까짓 거, 죽고 사는 일도 아닌 걸 갖고 뭘!'이라는 유연함을 갖게 하였다. 그래서일까! 어떤 일이든 그저 우연히 일어나는 일은 없다는 말처럼 현재의 일 또한 그 씨의 원인이 나 자신 아니었을까 돌이켜 보게 한다.

5

아픈 자위

삐딱이의 반성 수첩

바보는 부러워만 하고 부러움에서 끝난다.

바보는 억울한 일을 당해도 꿈에서만 복수를 다진다.

바보는 무모함과 용감의 차이를 모른다.

바보들의 후회

　안 된다고 할걸

　못한다고 할걸

　없다고 할걸

　싫다고 할걸

바보는 항상 생각만 한다.

바보는 자기가 바보인 줄도 모른다.

바보는 바보처럼 보이지 않기 위해 또 다른 바보짓을 한다.

한 번 바보는 영원한 바보다.

생긴 대로 논다!
어떻게 살아왔는지 보인다,
보여!

인상이 하수구다. 어느 정도 나이가 들면 자기 얼굴에 책임을 져
야 한다는 말이 있다. 사람은 순간순간의 감정 상태에서 어떤 표
정을 짓냐에 따라 얼굴 모습이 달라진다. 그래서 얼굴을 보면 그
가 어떤 성격, 마음, 직업으로 인생을 살아왔는지 가늠해 볼 수 있
다는 말은 참 설득력 높은 말인 거 같다.

표정의 변화는 얼굴 근육 2백여 개 중 수십여 개가 움직여 표정
을 결정짓는다. 웃을 때와 찡그릴 때 등 다양한 감정 상태, 각각
움직이는 근육에 따라 표정선이라는 것이 생기고 그에 따라 얼
굴 모습 또한 달라진다. 물론 개나 고양이도 기초적인 표정은 짓
고 침팬지 같은 영장류도 표정이 있지만, 인간처럼 섬세한 표정
을 기대하기는 어렵다.

만물의 영장인 인간만이 다양한 표정을 갖고 있고 그 표정을 통해 그 사람의 환경과 각자의 가치관마저도 읽을 수 있는 것이 표정이라는 점에서 진짜 신경 써야 할 것은 몸매 관리보다 표정 관리가 더 중요한 일이 아닐까 싶다.

호의가 계속되면
호구 대왕인 줄 안다!

스승으로부터 책을 선물 받았다. 생각의 품격과 규범을 강조하는 책이었다.

'헐, 왜 이케 어려운 책을… 쩝!'

책을 읽다 보니 문득 이 양반은 참, 속 따땃하고 널찍한 삶을 살았나보다 싶다.

"나에게 착하게 하는 사람에게 착하게 하고, 악하게 하는 사람에게는 더 착하게 해야 한다. 내가 악하게 하지 않으면 남도 절대 나에게 악하게 하지 않는다."

과연 그럴까? 현실성 0, 옹알이 같은 말이다. 요즘 시대에 이런 말랑말랑한 사고방식으로 살아간다면 '나 호구!'를 자처하는 것이다. 현재 자신이 누군가에게 바지저고리로 취급되고 있다면 그 이유는 결국 나 스스로 호구 됨을 자처하였기 때문이다. 작정하

고 남에게 해를 끼치는 행위는 처벌받을 범죄이지만 대놓고 자신을 이용하고 바보 취급하는 사람에게도 변함없이 선의로 대하는 것은 스스로 인격적 대접을 포기하겠다는 것이다.

오는 말이 거칠면 가는 말도 거칠어야 살기 편한 세상이다.

선물

선물은 서로 가진 것을 나누며 더불어 살아가고자 하는 사람들의 따뜻한 심성이 만들어낸 기분 좋은 문화다. 선물은 주는 사람도 받는 사람도 흐뭇하다. 선물은 꼭 고가의 물건이 아니어도 좋다. 하지만 선물은 상대에 대해 얼마나 큰 의미와 가치를 부여하고 있는지 가늠할 수 있는 미터기이기도 하다. 따라서 누군가에게 선물을 주려고 한다면 자신의 입맛과 취향에 따른 일방적인 상품을 고르기보다는 상대의 취향과 목적에 맞는 선물이어야 한다. 특히 상대가 평소 갖고 싶어 하였거나 필요로 하는 물건, 또는 상대의 취향을 저격한 배려심 담긴 선물이면 더 좋다. 반대로 관심과 진심이 담기지 않은, "옜다, 먹고 떨어져라!"라는 마음으로 주는 선물이라면, 차라리 안 주는 것이 낫다.

개념 후루룩 잡샀수?

배에 기름 낀 자들은 말한다. "사람 사는 게 다 거기서 거기지!, 잘 사는 사람이나 못사는 사람이나 밥 세 끼 먹고 사는 건 다 똑같다."라고. 얼핏 맞는 말인 것 같지만 솔직히 "맞아!"라는 생각보다는 "이게 말이야, 똥이야?"라는 생각이 더 지배적이다. 엄밀히 따지자면 숫자는 같지만, 개인마다 엥겔 지수 비율에 따라 찬의 수준, 가짓수는 확연히 다르다. 특히 1식 1찬 하는 사람 앞에서 요런 똥 같은 말을 하면 돼지게 맞는다. 따라서 이상주의자들의 맹점인 상대가 처한 상황파악을 제대로 파악하지 못한 채 공감 제로의 캐삽질하는 위로 같지 않은 위로는 샤포로 그 입을 싹싹 문질러 버리고 싶게 만들 뿐이다. 그래도 나름 멋진 위로를 하겠다면 입만 털지 말고 차라리 맛있는 밥이라도 사든가 아니면 손에 살포시 뭐라도 쥐여주는 게 캡 위로다.

내 남자는 안 그래

독일에서는 매일 약 120만 명의 남성들이 정기적, 혹은 비정기적으로 전문적인 섹스 서비스를 받고 있다고 한다. 물론 그 기준은 나라마다 문화권마다 다르겠지만 남자들은 자신의 아내가, 여자 친구가 평범치 않은 미모를 가지고 있다고 해도 새로운 여자에 대한 호기심으로 기회가 닿으면 바람을 마다하지 않는다. 남자들에게 연애 상대로 여자의 외모 수준은 중요하지 않다. 관건은 "새롭다!"라는 것이다. 그것은 난봉 행위와는 또 다르다. 그저 남자들의 뇌 구조와 신체 구조는 애초부터 헛짓거리하도록 설계되어 있다는 것을 이해하면 된다. 다시 말해 자기보다 훨씬 못난 여자와 바람을 피우는 남자들에 대해 스스로 자책하고 분노할 필요조차 없다. 남자란 존재는 선망의 대상이라고 여길 만큼 매력적인 내 여자와 비교 불가능한 여자라도 단지 뉴 페이스라는 사실에 마음과 몸이 흔들린다.

재능, 사회 환원하셔야죠!

뭔 자격으로! 재능기부? 조랄 짜증 난다! 아무 이유 없이, 대가 없이 호의를 받는 것도 싫지만, 나눔을 실천하는 마음으로 내 재능이 필요한 이들에게 공짜로 베풀라고 하는 인간들은 강펀치를 날리고 싶을 만큼 재수 털린다.

그들은 거절할라치면 "아니, 이렇게 좋은 일을 하는데 어떻게 거절할 수 있죠?" 한다. 그들은 거절한 상대를 향해 "인간성의 밑바닥을 보는 것 같다. 너의 속물근성을 부끄러워해라!"란 표정을 덤으로 지어 보인다.

재능기부는 개인의 재능을 활용해 사회에 이바지하고, 기부하는 사람이나 받는 사람 모두 만족할 만한 형태의 봉사일 때 그 빛이 영롱히 빛난다. 따라서 나눔은 나눌 수 있는 상태(?)일 때 나누는 것이다. 한 달을, 일 년을 걱정하는 사람에게 자기들 예산 부족을 들먹이며 고되고 이익 없는 봉사를 강요한다는 것은 칼만 안

들었을 뿐 개떡 같은 심보인 셈이다. 특히 예술적 재능은 무형의 자산이라 대가 없이 베푼다 한들 본전이 안 들어가 크게 손해 볼 것도 없다고 그들은 생각한다. 그런데 그런 개념 쌈 싸 처먹은 인간들일수록 어쩌다 하는 야근 수당은 뒷자리 십 원까지도 정확히 챙겨 받는다. 자신의 수고와 시간은 돈이라는 철두철미한 철학을 갖고 있기 때문이다.

기분에 죽고 산다!

1924년 프랑스에서 태어난 생물학자 가스통 나상은 50여 년 전에 고성능 광학 현미경을 발견하고 죽지 않는 생물 소마타이드를 발견하였다. 소마타이드는 인간의 혈액 속에서 죽지 않는 미생물인데, 흥미로운 사실은 사람이 화가 나고 우울하거나 스트레스를 받으면 정상적인 세 단계의 소마타이드 사이클이 무너지면서 박테리아나 세균과 비슷한 형태의 사이클이 추가된다고 한다. 반대로 행복한 느낌이나 즐거운 마음 상태가 되면 생체 내에서 소마타이드가 증가하고 사이클도 정상적으로 움직인다. 따라서 "기분에 죽고 산다!"라는 말은 결코 헛말이 아닌 의학적 근거가 있는 말이다.

진심이 담기지 않은 칭찬은 상대를 망친다는 사실!

세상에 무결점의 완벽한 것은 없다.

완벽을 추구한다는 것은 시한폭탄을 안고 사는 것, 스스로 만족하자고 타인을 힘들게 할 건가?

완벽이란 것은 정한 사람의 기준에 따른 이상적인 단계일 뿐, 사람도 물질도 완벽할 수는 없다. 완벽하다고 믿었던 것들도 시간이 지나면 문제점과 허점이 발견되고 그에 따라 계속 업그레이드되는 것이 세상 이치다.

살면서 온전해지려 하는 것은 당연한 이치지만 완벽을 추구한다는 것은 내비게이션이 안내하는, 반듯하게 닦아놓은 시작과 끝만 있는 고속도로 길만 가겠다는 말이기도 하다. 길을 갈 때 비포장도로도 가보고, 국도도 가봐야 뜻하지 않은 경치와 기대하지 않았던 장소 발견으로 가슴 설레는 즐거움을 맞닥뜨릴 수 있다.

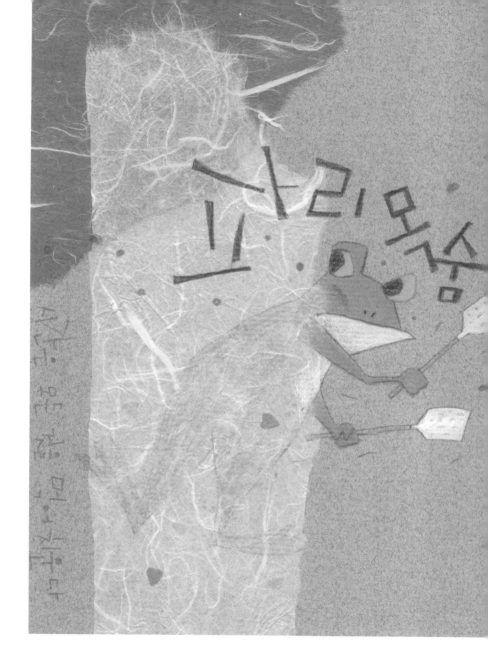

완벽주의자

1. 주어진 일보다 더 많은 일을 욕심내고 일 마무리는 자신이 해야 한다고 생

   각한다.

2. 작은 실수도 멍청하다고 생각하며, 죽고 싶은 마음이 든다.

3. 타인의 충고와 반대, 거절을 못 견딘다.

4. 순서를 기다리는 다른 일로 옮겨가지 못하고 시작한 일에 시간과 정력을 몰

   방한다.

 완벽 극복 Key Takeaways

1. 주제넘은 사업 계획은 눈앞의 일마저 놓친다.

2. 절망의 시초는 곤란에서 시작해 대략 난감으로 끝난다.

3. 내가 당신들을 기쁘게 하는 기쁨조는 아니잖아?

인간 코스프레

너 말이 쫌 짧다! 인간도 아닌 것이, 인간의 탈을 쓰고, 인간인 양
행세한다.

 인간 구별 테스트

1. 자신보다 못하다고 생각하는 사람에게는 예의나 존중은 놀러 보낸다.

2. 곤경에 처한 사람은 회생 못하게 초미립으로 꽉꽉 짓밟아 준다.

3. 남의 불행을 야부리까며 삶의 활력소로 여긴다.

4. 특권의식에 사로잡혀 새파란 놈이 노인한테도 반말 찍찍 씨불이고 하대
   한다.

한 가지라도 해당한다면 애니멀(Animal)

윗사람이라고 아랫사람에게, 지위가 높다고 낮은 사람에게, 자신이 '갑'
이고 상대가 '을'이라고 사사건건 개빡치게 굴면 사람 아닌 멍멍인 거다!
분명히 마빡에 새기지 않으면 황천길 티켓 선물 받는다.

부모님 세대들의 18번,
'옛날 같았으면,
나 같았으면…'

부모 세대와 현재 삐딱이가 살아가는, 또 다음 세대가 살아가는 세상은 달라도 느~무 다르다. 십 년이면, 아니 요즘은 삼 년만 지나도 사람도 강산도 변하거나 때론 없어졌거나 사라진다. 그런데도 여전히 예전에 고수했던 삶의 방식과 사고를 다른 세대들에게 강요하고 울며 겨자 먹기로 그 장단에 맞춰 "네네, 옳습니다!" 하다간 개또라이, 부시맨 취급받는다.

싸움 붙이는 건 일도 아니다.

고교 동창인 그들과 사회에서 만나 친구가 된 셋은 서로 가까운 위치에 사는 터라 한 달에 한 번꼴로 만난다. 각기 다른 분야에서 다른 업종의 일을 하고 있지만, 각자가 느끼는 직장에서의 스트레스는 더하고 덜하고도 없이 대략 도긴개긴 격이다. 만남의 자리에서 주요 화제는 약속이나 한 듯이 매번 자신이 하는 일이 얼마나 힘든 일이고 스트레스받는 일인지에 대해 토로다. 그런데 문제는 그다음부터다.

A가 다음 일정으로 자리를 먼저 뜨게 되면 조금 전까지만 해도 A를 다독이며 힘든 시간을 잘 견디라고 했던 격려의 말과 태도는 할리우드 배우의 열연이었다는 듯 B는 180도 돌변해 A의 못남과 학창시절에 비하면 사람 새끼 된 것임을 팥 다발로 쏟아낸다. 그런데 재미있는 것은 반대의 경우 A 또한 B가 자리를 뜨게 되면 마치 임금님 귀는 당나귀이었다는 사실을 폭로하듯 A가 이

때껏 저지른 온갖 꼴통 짓에 비교해 요행히 직장을 다니고 이제 껏 잘리지 않고 있다는 것이 불가사의임을 열변한다. 매번 반복되는 야부리에 나는 차츰 많은 추측과 충동으로 갈등하였다. 내가 없을 자리에서 이자들은 또 얼마나 나를 얼간이, 띠또로 쪼개고 부서뜨렸을까?

흉금을 터놓고 친하게 지내던 단짝 친구가 어느 순간 돌변해 앙심을 품고 사사건건 인생의 앞길을 막고 방해하는 적이 되었다는 일화를 떠올리며 적은 가까이 있다는 말을 새삼 실감하게 된다. 그래서 삐딱이는 갈등한다. 이자들과의 관계 정리에 앞서 마지막 선물로 A에게는 B가 널 어떻게 생각하는지, 또 B에게는 A가 널 어떻게 생각하고 있는지 서로의 뒷말에 대해 낱낱이 읊어주는 것이 도리(?)가 아닐까 하는 쪼다 같은 충동을 느끼게 된다.

더하거나 보태지는 마라

"나는 내가 좋아!"라는 사람을 보면 경외감이 들 만큼 부럽고 신기하다. 나아가 "진짜 그럴까?"라는 의구심도 든다.

사람은 누구나 자신에 대해 가장 잘 알고 있고 내 경우도 스스로에 대해 너무 잘 알고 있어 삶의 중요한 순간 "잘했어!"보다는 "에구 인간아, 왜 그 모양이니?"라고 후회하고 질타한 적이 더 많을 정도로 내가 아니었으면 싶을 때가 있다. 여건이 허락된다면 생각과 철학, 마음의 모양새를 뜯어고치고 그다음으로, 아니 순서를 바꿔 외모가 프리미엄으로 취급받는 시대 기류에 편승해 우선 의학의 혜택을 받아 비포 앤 애프터가 확연한 비주얼을 갖고 싶다.

그런데 이런 오랜 내 염원을 알고 있는 인간들이 말한다.

"야, 야, 꿈도 꾸지 마! 설령 의학의 힘을 빌린다고 해도 황금비율이라는 게 있는 데 첫째 그게 안 되잖아!"

"맞아! 어마어마한 견적도 문제지만 하자 있는 거 다 고치면 성형 과다로 골로 간다."

"그래, 그냥 이번 생은 망한 거로 생각하고 살아라! 그래도 너 튼튼하잖아!"

절친이랍시고 저들이 건네는 위로 같지 않은 위로는 칠팔월 더위에 보일러 돌려주는 격이다.

아파야 비로소
존재의 중요성을 되새긴다.

얼마 전부터 오른쪽 발뒤꿈치가 조금씩 아프기 시작했다. 처음에는 구두의 문제라 생각해 신발을 바꿔 신었는데 통증은 계속되었다. 나중에는 체중이 아픈 쪽 뒤꿈치로 실리지 않기 위해 깨끔 발로 걸어 다녔다.

껑충한 걸음새와 불편한 증상을 보고 들은 지인들은 어서 병원을 가보라는 권유의 말과 함께 나름 그와 유사한 무시무시한 병명의 전조 증상을 제법 상세하게 알려주어 그렇지 않아도 작은 내 간을 초미립으로 잘게 더 쪼개었다.

그때부터 사람이 기분에 죽고 산다는 말을 입증하듯 머릿속에는 이것이 그저 피곤해서 나타난 일시적 통증이고 파스 몇 장이면 나을 거라 여겼던 의연함을 사라지게 하였다. 게다가 어설픈 상식으로 발바닥이 몸의 장기와 연관이 있는 만큼 그에 따른 증

상과 병명을 퍼즐처럼 맞춰나갔다. 그러면서 발꿈치뼈가 자라는 희소병에 무게를 두게 되었는데, 그 병의 경우 수차례 개복을 반복하며 뼈를 깎아내야 한다는 인터넷 의학 정보가 며칠 사이에 나를 폭삭 늙게 했다.

결국, 더는 지체할 수가 없어 비장한 마음으로 찾아간 병원에서 '족저근막염'이라는 진단을 받았다. 그제야 "에효!" 안도의 한숨과 함께 "나무로 된 피노키오 코도 아닌데 발꿈치를 깎고 또 깎아야 했으면 어쩔 뻔했어!" 하는 여유 섞인 혼잣말이 튀어나왔고, 그만한 뒤꿈치가 고맙고 소중하게 느껴졌다.

칭찬은 입맛대로
움직이도록 하겠다는 밑밥

한동안 칭찬 열풍을 불러일으킨 밀리언셀러 '칭찬은 고래도 춤추게 한다!'가 긍정적 인간관계를 부추기는 행동지침서로 통용되었다. 몸무게 3톤이 넘는 범고래도 조련사의 부추김과 칭찬에 따라 멋진 쇼를 펼쳐 보인다는 사실에서 비롯된 이 말은 사람이나 동물, 또는 식물도 칭찬은 좋은 영향을 미치는 방증으로 여겨졌다. 하지만 뒤집어 생각해보면 당근과 채찍처럼 칭찬이라는 당근으로 상대를 자기 뜻대로 움직이도록 하겠다는, '칭찬=밑밥'이라는 공식의 방증이기도 하다.

동물 조련사들이 문제 행동을 교정하기 위해 동물에게 간식과 칭찬이라는 미끼를 사용하는 것처럼 적절치 않은, 문제를 가리는 칭찬과 격려를 통해 사람들을 훈련 시키다 보면 일의 본질에서 벗어나 사고를 흐리고 착각에 빠지게 하여 문제 행동의 교정 시기를 놓치는 역효과가 발생한다. 따라서 핀잔과 질책, 채찍질도 싫지만, 장기적인 안목으로 볼 때 어르기식 칭찬과 격려보다는 불편하더라도 문제에 대한 정확한 지적과 쓴 충고가 훗날 더 춤을 추게 할 것이라 여겨진다.

굶어봐라

베트남 여행을 다녀온 친구로부터 사향고양이 배설물로 만들어졌다는 루왁 커피를 선물 받았다. 이 커피는 세계에서 가장 비싸고 희귀한 커피로 진한 향과 깔끔한 맛이 일품으로 알려져 있다. 커피에 관해 조예가 깊지 않은 나는 커피 맛과 향에 그다지 민감하지 않은 편이라 한 잔에 몇만 원씩 한다는 커피를 호로록 마셔 버린다는 것이 그저 아까워서 되도록 커피 맛을 음미하려 애썼지만 그런데도 "왜? 뭐가 다른 건데?"라는 의구심만 들었다. 커피 애호가들에게는 무식한 소리로 들릴지 모르지만, 삐딱이 경우 명품 커피가 아닐지라도, 최고의 바리스타가 추출한 커피가 아니더라도 그저 적절한 때 마시는 커피가 충분히 맛있을 것으로 생각한다. 그래서인지 자신이 선택한 제품 외에는 안 처먹고, 사용 안 한다는 인간들을 보면 최고레벨의 꼴갑을 떤다싶다. 마음 한쪽에서는 "그래 너 어디 사흘만 굶어봐라. 그때도 고따구로 지껄이게 되는지?"

털어서 먼지 안 날 자신이 없다.

부끄럽지만, 자신이 없다. 살아온 지난 시간을 가만 되짚어 털어 먼지 안 날 거라는 자신이… 누군가에게 직간접적으로 피해나 상처를 주고자 의도적으로 행했던 말이나 행동이 아니었더라도 분명 그 당시 처했던 상황이나 기분, 몸의 상태에 따라 "별것도 아닌 걸 갖고 왜 저래, 미친 거 아냐?" 할 만큼 히스테리나 객기를 부렸을 수도 있고, 그 이상 문제 꼴통 짓을 했었을 수도 있다. 쩝! 가물가물 되짚어보니 30대가 되어선 20대의 오만과 객기가 부끄러웠고, 20대 때에는 질풍노도의 시기라 일컬어지는 10대의 사춘기 반항으로 부모님 속을 자글자글 썩여드렸던 불효막심함이 부끄러웠다. 그나마 다행인지 불행인지, 너무도 평범한 내 삶을 누군가 작정하고 털겠다는 사람이 없어 "그때는 왜 그랬지?"라는 혼자만의 반성으로 일상을 살아가고 있음을 감사하게 되는 요즘이다.

6
판도라의 상자를 깨고 열어야 한다!

———

삐딱이의 행동 강령 :

진실은 불편하다고 해서, 엿 같다고 해서,

은폐되거나 묻혀서는 안 된다.

악취 나는 진실일수록 과감히

그 문을 활짝 열어야 한다.

지뢰가 있나 없나 여자 먼저 내보내!

신사적인 예의, 에티켓을 표현할 때 흔히 '레이디 퍼스트'라는 말을 쓴다. 이 말은 말 그대로 '여자 먼저'다. 지금이야 이 말이 여성 우대로 해석되지만, 예전에는 정반대의 의미였다. 중세 서양에서는 왕족이나 귀족들의 음식을 미리 맛보게 하여 독의 유무를 판단하는 역할을 여성들이 하였고, 낯선 성에 들어갈 때 암살자를 파악하기 위해 먼저 들여보내기도 했다. 이 말이 특히 유행한 것은 20세기 초 러일전쟁 때였고 1914년 제1차 세계대전이 터지면서 보편화 되었다. 적군들이 지뢰를 묻어두었는지 그 위험성 유무를 확인할 때 전쟁 능력이 없는 여성들을 앞세운 것이다. 조선 시대 임금 수라상의 맛과 검식을 담당했던 기미상궁도 그 역할이 비슷했다고 하겠다.

더치페이 Dutchpay
네 것은 네가, 내 것은 내가

더치페이는 네덜란드인을 뜻하는 Dutch와 돈을 낸다는 뜻을 가진 Pay가 합쳐진 말이다. 네덜란드 사람들은 대체로 매우 검소하고 소박한 민족이지만 무턱대고 인색하지는 않다. 그런데도 더치페이의 유래가 네덜란드에서 시작되었다는 것에 네덜란드인들을 깍쟁이로 오해하기도 한다. 하지만 식민지 전쟁을 치르던 영국인들이 Dutch에 비하하는 의미를 넣어 사용해 각자 부담을 뜻하는 말로 해석되었다. 그래서인지 더치가 들어간 말은 부정적인 뜻을 나타내는 말이 많다. 하지만 정작 네덜란드 사람들은 더치페이에 대해 고개를 갸우뚱하기도 한다. 요약해 말하자면, 이 말은 영국인들이 지어낸 것으로 본래 말은 '더치 트리드(Dutch treat)이다. 네덜란드와 영국은 전쟁을 세 번이나 치렀을 만큼 두 나라 간의 갈등은 매우 심했고 서로를 매우 적대시하였다. 특히 허영심 강한 영국인들은 네덜란드 사람의 근검절약

하는 삶의 방식을 쪼잔하다 비웃으며 그들에게 Go Dutch, 또는 Treat이라고 말하다 'Pay'로 바꿔 조롱한 것에서 더치페이란 말이 상용되었다. 이제 우리나라뿐 아니라 전 세계적으로 "각자 먹은 거 각자 알아서 지급하자,"라는 의미의 '더치페이'는 부담 없는 합리적인 소비문화라고 생각되지만 그런데도 상대를 위해 기꺼이 지갑을 여는 훈훈함이 아직은 간지난다.

몬도가네의 추태로 보양식을 취하진 않아도 이것만은 포기하고 싶지 않다.

임산부에게도, 성장기 어린이에게도 최고의 건강 음료로 권유되는 우유! 하지만 얼마 전부터 우유 반대론자들이 펼치는 주장은 믿기에도 또 안 믿기에도 참으로 대략난감하다. 연구 결과에 의하면 결국 우유는 몸에 좋은 식품이 아니라 낙농업계가 돈벌이를 위해 사람들을 농락했다는 것. 이때껏 칼슘과 무기질, 단백질의 보고로 알려져 있던 우유가 암, 골다공증을 유발하는 식품이며, 우유 자체가 혐오 식품이고, 유해한 지방 덩어리라는 것을 입증하는 동영상과 데이터. 한마디로 여자인 줄 알았는데 알고 보니 트렌스젠더였다는 것처럼 어이가 마실 나갈 판이다. 아직도 성장에 대한 미련, 영양의 불균형을 염려해 굳세게 챙겨 마셨던 뻘짓이 참 무색해져, 이번만큼은 팩트가 아닌 구라이기를 바란다.

멋지게
한판

바다에 묻지 않는다.

너무 씻어 대면 죽는 수가 있다.

치약과 샴푸 속 화학성분은 벌레를 죽이는 살충제 성분이 포함된 강력한 독성물질로 장기간 반복적으로 사용할 시 치명적인 병에 걸릴 수 있다고 한다.

"이것도? 그럼 이제 소금으로 이 닦고 양잿물로 머리를 감아야 하나?"

아니면 문명의 혜택을 버리고 산속으로 들어가 '나는 자연인이다!'라는 삶을 살아야 한다는 말인데… 독성물질을 피하기 위해선 될 수 있는 대로 안 씻는 것이 최선책이라는 것인데….

요즘은 하루가 멀다고 먹거리는 물론 생필품에서도 유해성 논란이 끊이질 않는다. 생필품에 스며든 유해성을 경고한 한 책에서는 생활필수품 100가지를 쓰지 말아야 할 물건으로 열거해 놓았다. 그것들을 모두 건강, 장수를 생각해 멀리하자면 주변 사람들로부터 손가락질받는 건 시간문제일 것 같다. 손가락질과 함께 요런 덕담은 패키지.

"야, 야 아주 천년만년 살겠다! 그래, 벽에 x 칠 할 때까지 오래오
래 살아라!"

같이 죽자!
사리사욕이 빚은 비극

광우병은 소와 같은 가축에게 생기는 전염병이다. 이 병은 뇌에 스펀지처럼 구멍이 뻥뻥 뚫려 죽음에 이르게 하는 병으로 인간에게도 감염된다. 감염 원인으로는 광우병 걸린 쇠고기를 섭취하고 전염병에 걸렸을 때 뇌 기능을 잃게 되면서 사망하게 된다. 1996년 광우병이 영국에서 처음으로 발병하자 유럽과 미국인들은 한동안 쇠고기에는 입에 대지 않았고 초기에는 영국에 국한된 문제로만 가볍게 생각하였다. 하지만 프랑스와 독일, 아일랜드 등 유럽 전역에 광우병이 급속도로 퍼져 나가고 2010년 기준으로 전 세계 인간 광우병 환자가 수백여 명에 이르자 전 세계는 공포에 떨었다. 광우병의 원인으로는 영국의 소 사육업자들이 초식 동물인 소에게 더 많은 고기를 얻고자 양고기를 사료로 먹였기 때문으로 본다. 한마디로 광우병은 생태계 질서 파괴로 인한, 자연을 거스른 추악한 인간의 탐욕이 빚은 자연의 보복인 셈이다.

교묘한 상술
낚였다!

2월 14일은 여자가 남자에게 초콜릿으로 사랑을 고백하는 발렌타인데이, 3월 14일은 남자가 여자에게 사랑 고백을 할 수 있는 화이트데이이다. 남자가 여자에게 사랑 고백을 하는 행위가 특별한 건 아니지만 우리나라에서는 화이트데이가 사랑을 고백한 여자의 마음을 남자가 받아들일 것인지를 결정하는 의미로 해석되기도 하고, 연인인 사이에는 발렌타인데이 때 받은 선물에 답례하는 날로 인식되기도 한다.

그런데 이런 기념일에 대해 반대하는 사람들이 적지 않다. 이유는 이 모든 것이 소비를 촉진하기 위한 상술에서 비롯되었기 때문이다. 3월 14일이 기념일로 된 것은 일본의 유명 제과회사(모리나)가 고도의 마케팅 전략으로 성 발렌타인 축일에 초콜릿을 선물하는 관행을 정착시킨 데서 비롯되었다. 발렌타인데이의 처음 시작은 1958년, 시대적 배경으로 일본에서는 여자가 남자에게 사랑 고백을 쉽게 할 수 없는 분위기였으나 모리나가 이례적으로 "여성이 남성에게 초콜릿을 선물하며 먼저 사랑을 고백하자!"라는 캠페인을 내걸고 발렌타인데이를 대대적으로 홍보하였다.

한마디로 교묘하게 초콜릿을 선물하면서 고백하라는 그럴듯한 말로 초콜릿 장사를 한 셈이었다. 하지만 그들이 노린 홍보 효과는 기대 이하였다. 여자가 남자에게 사랑 고백을 먼저 한다는 것에 대한 인식은 쉽게 바뀌지 않았다. 그러다 1970년 들어 발렌타인데이에 초콜릿을 선물하는 관행이 점차 인기를 끌면서 발렌타인데이가 다가오면 초콜릿은 불티나게 팔려 나갔다. 이에 자신감을 회복한 모리나가는 그동안 비인기 품목에 속하던 마시멜로우를 초콜릿처럼 팔아보자는 전략으로 "발렌타인데이에 받은 사랑을 3월 14일에 마시멜로우로 보답하라!"라는 홍보 전략을 펼쳤고, 기막힌 마케팅 상술에 사람들은 또다시 낚였다.

7

틀을 벗어난 생각의 자유

—

삐딱이의 교훈 :

경쟁의 시대, 이 시대를 살아가는 데 있어
가장 중요한 것은
상황을 제대로 파악하고 현명하게
대처하는 순간 대응력이다.

단맛의 논리

음식점에 들어와 밥을 먹던 손님이 주인에게 음식 맛이 쓰다고 불평을 하였다. 주인은 손님의 음식에 설탕을 넣어주었다. 그제야 손님은 만족스럽게 식사를 이어갔고 그날 이후 주인은 그 손님의 요구에 따라 설탕의 양을 늘려 넣어주었다. 얼마 후 계속 많은 설탕을 섭취한 손님은 갖가지 병을 얻었다.

교훈

―맛에만 집착하는 어리석은 자는 맛의 노예가 되고 육신을 병들게 한다.

―포기는 타인에게 즐거운 기회이다.

―믿는 것과 이루어지는 것은 다르다.

―자만은 만용을 부르고, 스스로를 끝없는 나락으로 떨어뜨린다.

―자부심이 지나치면 자신을 파괴하는 자만심이 된다.

―작은 일을 하찮다 코웃음 치는 사람은 큰일도 코웃음 치다 망한다.

―가깝게 지내지 않았던 사람이갑작스럽게 나타나 친절과 호의를 베푼다
   면 그 친절과 호의는 결코 순수한 것이 아니다. 그는 나를 상대로 큰 그
   림을 그리고 있는 것이다

―탄생은 내 의지와 상관없었지만 어떤 사람으로 죽을지는 스스로 결정
   할 수 있다.

생각하기 나름

중앙아메리카에 있는 소국 코스타리카가 세계에서 지구 행복지수가 가장 높은 나라로 조사됐다. 이어 도미니카, 자메이카, 과테말라, 베트남 등이 상위 5개국에 포함됐고 영국이 34위, 우리나라는 63위, 미국은 114위였다. 코스타리카 경우 1인당 국민 소득이 우리나라의 10분의 1밖에 되지 않음에도 행복 만족도는 151개국 대상 행복지수에서 그 어떤 선진국보다 가장 높다는 조사는 대번에 "통계가 조작된 거 아냐? 내지는 어떻게 그럴 수 있지?"라는 질문을 떠올리게 된다.

흥미로운 점은 151개국 나라 중 상위권을 차지한 나라들이 국민총소득(GNI), 국내 총생산량(GNP), 국가 총생산량 (GDP)이 1인당 3천 달러를 못 넘는 후진국 쪽에 가까운 나라라는 점이다. 한마디로 행복지수는 풍요로움과는 절대 비례하지 않는다는 결과이다.

교훈

—경쟁에서 앞 뒤 가리지 않고 싸우게 되면 그 싸움을 지켜보던 사람이
　이익을 얻게 된다.

—누구나 시작은 두렵다. 하지만 성과 없는 결말은 더 두렵다.

기운 확률

바둑에서 묘수를 써서 이기는 확률은 극히 낮다. 묘수를 쓴다는 것은 상황적으로 이미 대세가 기울었다는 것으로 삶에서도 마찬가지이다. 상대를 치기 위해 충분한 대책과 준비 없는 묘수는 상대에게 절대 치명적일 수 없고 오히려 자신에게 독이 된다. 얕은 꾀를 반복하다 보면 그 꾀에 스스로 치명타를 입는다.

교훈

—노력하여 얻은 결과가 아닌 얕은꾀만으로 이루어진 묘수는 자신에게 악수가 되고 악수는 악수를 부른다.
—이기고 싶으면 지지 않는 것에 길들어야 한다.

눈 속의 티끌

자신이 최고라고 생각하던 남자가 덕망 있는 스승을 만났다. 남자는 스승에게 인생에 교훈이 될 만한 가르침을 물었다. 그러자 스승은 남자를 창가로 데리고 가 밖에 무엇이 보이느냐고 물었다.

"지나가는 사람들이 보이는데요."

그러자 스승은 이번에는 남자를 거울 앞으로 데리고 가 이번에도 무엇이 보이느냐고 물었다.

"잘생긴 제 얼굴이요."

스승이 말했다.

"창문과 거울은 모두 유리로 만들었지. 그런데 거울은 뒷면에 수은이 칠해져 있어 밖이 안 보이고 자신만 보게 되지. 마찬가지로 내면이 탐욕으로 칠해진 사람은 자기밖에 모르는 불행한 존재일 뿐이다."

교훈

—시간이 지날수록 새록새록 좋은 사람이 있고 사귈수록 몸서리치게 지
 겨운 사람이 있다. 당신은?

—위험은 환상적인 것이 아니라 당장 눈앞에서 벌어질 수 있는 현실이다.

대접받는 옷

검소함이 생활 속에 밴 남자가 지인으로부터 파티 초청장을 받았다. 초대 날짜에 맞춰 남자는 평상시처럼 옷을 차려입고 파티장을 찾았다. 그런데 파티장 입구로 들어서려는데 입구를 지키고 있던 출입 관리자가 인상을 쓰면서 남자를 제지하였다. 그에게 남자가 초청장을 보여주자 관리자는 다시 한번 남자의 위아래를 훑고는 입구를 통과시켜 주었고 안에서 자리를 배치해 주는 안내자는 텅텅 비어있는 가운데 테이블을 다 놔두고 남자를 가장 구석진 테이블로 안내하였다. 그 이후로도 파티장에서는 아무도 남자에게 음료와 식사를 권하지도 않았고 말을 건네지도 않았다. 머쓱해진 남자는 문득 실험 정신이 발동했다. 그래서 파티 장소를 빠져 나와 집에 도착해 입고 있던 옷을 벗고 옷 중에 가장 좋은 옷으로 갈아입고는 다시 파티장으로 갔다. 파티 장소로 들어서는 입구에서 관리자는 좀 전과 달리 남자에게 깍듯이 인사를 하며 초청장을 보여주지도 않았는데 어서 들어가라는 제스처를 취했다. 파티장에 들어서자 남자를 구석진 자리로 안내했던 사람이 이번에는 조명이 가장 화려한 가운데 자리로 안내했고 이어 청하지도 않았는데 고급 와인과 식사가 줄줄이 테이블에 차려졌다. 남자는 좀 전과 판이한 상황에 어이없어하며 테이블에서 일어나 입고 있던 겉옷을 벗어 음식과 술에다 가져다 대고 말했다. "옷아 이 음식들은 사람을 보고 주는 것이 아니라 너를 보고 주는 것이니 네가 먹어야겠다."

교훈

—저울질한 후에야 무게를 알 수 있고 자로 재어 본 후에야 길고 짧음을
  알 수 있다.
—자기 자랑으로 남에게 높은 평가를 받으려는 사람은 자신을 치명적인
  위험에 빠뜨린다.

깊은 뜻

허리가 굽은 노인이 힘겹게 묘목을 심고 있었다. 지나가던 한 무더기의 청년들이 그것을 보고 저희끼리 수군거리며 빈정대듯 물었다.

"할아버지, 지금 심는 나무에서 열매가 언제쯤 수확되는지는 아세요?"

"글쎄, 정확히는 몰라도 열매가 맺으려면 5~60년 정도는 지나야 하지 않을까?" 그 말에 청년들은,

"그러니까요, 아무리 의학이 발달해도 그때까지는 못 사셔요!"

라고 말하고는 저희끼리 낄낄 웃었다.

"아, 물론 그렇지. 하지만 내가 태어났을 때 우리 집 마당에 우리 아버지가 나를 위해 여러 가지의 묘목을 심어두어 난 평생 따로 과실을 사 먹지 않아도 되었어, 지금 내가 심는 묘목의 과실도 언젠가 다른 누가 또 맛있게 먹겠지."

교훈

—주어진 기회를 온전히 활용하지 못하면 죽을 날만 기다리게 된다.

—세상에서 가장 어정쩡하고 우매한 대답 "아무거나."

—급격히 추락하는 것은 없다. 오래전에 조금씩 추락하고 있었다는 걸 인지하지 못했을 뿐이다.

—분수에 맞지 않는 행동은 놀림감밖에 되지 않는다.

—고민하는 자의 미래는 모든 일이 나쁘다.

넘버원은 아무나 되는 게 아니다

뱀이 있었다. 어느 날 꼬리가 머리에게 불평했다.

"너는 항상 앞장을 서고 나는 뒤쫓기만 한다는 건 불공평한 것 같아, 이제부터 내가 앞장설 테야"

머리가 대꾸했다.

"눈도 이빨도 없는 네가 어쩌려고 그래. 세상에는 위험한 것들이 많아 네가 앞장을 서기에는 무리인 줄 모르겠니?"

그러나 꼬리는 막무가내였다.

"내가 너보다 더 잘할 수도 있어, 잘난 체하지 마!"

둘은 한참을 다투며 서로 양보하지 않았다.

머리는 꼬리가 나무 둥지를 꼭 감고 움직이지를 않자 어디에도 갈 수가 없어 굶어 죽을 지경이었다. 할 수 없이 머리는 양보하였다. 의기양양해진 꼬리는 앞장을 섰지만 온종일 엉뚱한 곳으로 헤매고 다니다 천적의 먹이가 되고 말았다.

교훈

─능력에 못 미치는 일을 의욕만으로 욕심내면 화를 부른다.
─당신의 친구에게도 친구가 있다. 중요한 비밀을 함부로 발설하지 마라.

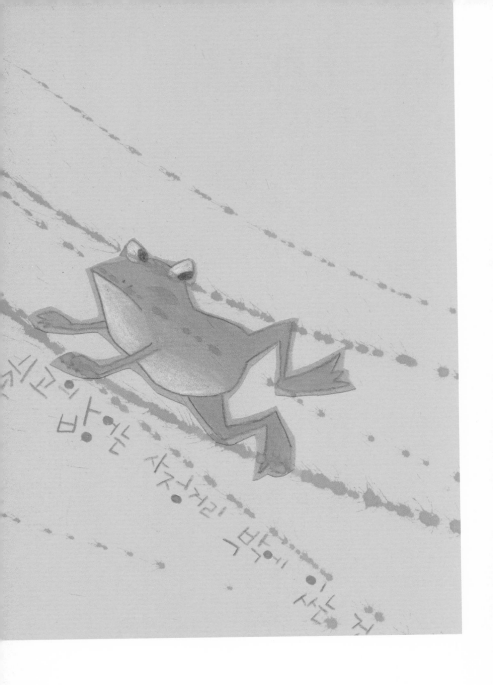

외모와 본질은 별개다

잘생긴 외모에 카리스마로 유명했던 워런 하딩. 그는 잘생긴 외모 덕분에 대통령으로 추앙되어 정계에 진출하였고 미국의 29대 대통령으로 선출되었다. 하지만 그는 역대 최악의 대통령으로 손꼽히는 인물이다. 워런 하딩은 사실 대통령으로서의 어떤 자질도 갖추고 있지 않고 그저 술과 포커를 좋아하는 인물이었다. 잘 생긴 외모가 프리미엄이고 경쟁력이라 하지만 능력은 별개다. 외양만 보고 성급하게 판단한다면 최악의 인연을 만날 수 있다.

교훈
—외모가 좋다고 해서 능력까지 갖추었을 거라는 생각은 위험천만하다.
—불필요한 참견은 오지랖 넓은 주책바가지로 인식될 수 있다.

질투는 행복을 파괴한다

레오나르도 다빈치가 화가로 유명세를 떨치던 때였다. 피렌체의 한 건물을 장식하기 위하여 다빈치와 미켈란젤로에게 스케치가 맡겨졌다. 다빈치와 달리 미켈란젤로는 대중에게 잘 알려지지 않은 무명의 화가였다. 두 사람의 스케치가 완성되어 사람들에게 선보이게 되었을 때 사람들은 다빈치 작품보다 미켈란젤로의 스케치에 더 찬사를 보냈다. 이 일로 다빈치는 크게 상심하였고 여생을 마칠 때까지 우울증에 시달렸으며, 그의 생애 내내 아킬레스건으로 작용하였다.

교훈

—질투는 사람의 정신과 육신을 병들게 하고 눈을 멀게 한다.
—파괴와 비참한 일의 시작은 감정적인 충동에서 비롯된다.

나를 타인에게 맡기지 마라

남극에 사는 백곰이 시베리아에 있는 흑곰을 만났다. 흑곰은 자신과 달리 백곰의 아름다운 흰 털을 시기하며 말했다.

"야, 넌 참 안됐다. 이렇게 추운데 살면서 햇볕을 흡수하지도 못하는 흰색 털을 가지고 있다니 말이야!"

"그러게. 하지만 태어날 때부터 이런 털을 타고 났으니 어쩌겠어?"

"어쩌긴, 검정 물을 들이면 되지?"

남극 곰은 흑곰의 말에 따라 곧 자기의 흰털을 검은색으로 염색해 버렸다. 그런데 며칠 뒤 곰을 사냥하려는 사냥꾼이 남극에 나타났다. 다른 친구들은 모두 사냥꾼을 피해 무사히 도망갔지만, 염색한 검은 곰은 사냥꾼의 총에 맞아 죽고 말았다.

교훈

─염려하는 척 달콤하게 속삭이는 상대의 말 속에는 당신을 시기하고 질
투하는 마음도 포함되어 있다.

찌질한 억지

사람들은 말한다. '자리가 사람을 만든다고!' 이 말은 사람이 어떤 직위에 오르게 되면 그에 어울리는 모습으로 변하기 마련이라는 말인데 이것이 전혀 근거가 없는 말은 아니다. 실제 연구 결과에 의하면 어떤 직분이나 위치, 권력이 쥐어지면 뇌가 변하고 호르몬에도 변화가 생긴다고 한다. 그래서 같은 처지로 지내던 절친 중 하나가 어느 날 기득권층의 대열에 합류하게 되고 또 다른 하나는 여전히 피 기득권층에 머물러 있게 되면서 둘의 관계는 덜거덕거리게 되고 갈등과 오해로 반목의 늪은 깊어지게 된다. 기득권층이 된 친구는 이제 전혀 다른 가치관과 삶의 방식으로 피기득권층 친구의 지적질을 열폭에서 오는 찌질함이라 무시하고 반대로 피 기득권층의 친구는 "지까짓 놈이 언제부터?"라는 푸념과 함께 "개구리 올챙이 적 생각 못 한다."라고 비판하게 된다. 하지만 기득권층이 된 친구는 현재 개구리로 잘살고 있는데 굳이 올챙이 시절을 왜 생각하겠는가? 그게 억울하면 본인도 개구리

가 되면 그만이다.

교훈

─변화가 두려운 것이 아니라 그 변화에 적응하지 못할까 두려운 것이다.

─바닥에서 위를 향할 땐 단계적이지만 위에서 아래로 향할 땐 순식간에
  내동댕이쳐진다.

결국은 선택

행복은 생활에서 충분한 만족과 기쁨을 느끼는 흐뭇함을 뜻한
다. 그런데 충분한 만족과 기쁨을 누리는 흐뭇함을 느끼게 되는
기준이 참 모호하다. 결국, 스스로 행복하다고, 만족하다고 느끼
게 됨은 개개인의 감정이나 행복지수의 문제라는 것인데 무엇보
다 행복하다는 감정을 누리기 위해서는 그 감정이 오염되지 않
도록 부정적인 감정이나 우울한 기분은 스스로 억제하고 제어할
수 있어야 한다. 행복은 특권층의 전유물이 아닌 개개인의 권리
이며, 그 권리는 저마다의 선택이다. 삶이 순풍의 돛단배가 아닌
탓에 시시때때로 달라질 수밖에 없고 결코 지속적일 수만은 없지
만 그런데도 그 선택은 '나'만이 할 수 있다.

교훈

—시위를 벗어난 화살을 다시 되돌릴 수는 없다.

—고독사하고 싶지 않으면 헛짓거리하지 말고 살아라!

계절 실감

언젠가부터 계절의 변화에 더욱 민감해진다. 여름과 겨울은 특히…. 더욱이 이번 여름은 밤에도 최저기온이 35도 이상을 웃도는 고온다습한 열기로 몇 번씩 잠을 깨고 낮에는 뜨겁게 달아오른 지표면의 열기에 두 다리가 바들바들 떨릴 만큼 힘겨운 여름이었다. 그래서 벌써 내년 여름은 또 얼마나 지독하게 더울 것이며, 곧 닥칠 겨울은 또 얼마나 강 추울지 걱정이 앞선다. 그러고 보니 새삼 이렇듯 앞날을 염려하는 미래형 인간이었나 싶어 쿡쿡 웃음이 난다. 따지고 보면 이건 문명의 혜택을 요소요소 누리지 못함을 쪽팔려 할 일임에도 불구하고….

며칠 전 동창 놈한테 전화를 받았다. 서로 안부를 물으며 나는 습관처럼 "요즘 너무 더워서 힘들지?" 하였다. 그 말에 놈은 "야, 여름이 더운 건 당연하지 뭐. 글구 실내 냉방시설이 잘되어 있어서 더운 줄 모른다." 한다. "아, 그, 그렇겠구나!"라는 어정쩡한 말로 맞장구를 치고는 그제야 내 꼴통은 사계절을 정통으로 실감하는 나와는 달리 놈은 계절의 변화에 둔감할 만큼 문명의 혜택을 오지게 누리고 사는, 삶의 품격이 다른 부류의 인간이었다는 것을 깨달았다.

교훈
—부유함을 누리고 사는 졸부들은 자기보다 못한 삶을 사는 사람들과는 늘 선을 긋고 살아야 한다고 생각한다.

8

네 마음이 보인다, 보여!

이것만 알면 당신도 삐딱이

10초 후 다음 페이지로 넘겨보세요

어머 아름다우세요!   ⟶

다들 수고했어.   ⟶

오늘 참 즐거웠습니다.   ⟶

세월이 흘렀는데도 그대로세요.   ⟶

보고 싶어 죽는 줄 알았어.   ⟶

성격 좋으시네요.   ⟶

자상하신 성격이신가 봐요.   ⟶

완전 화장발이네 ⌣ ⌣

돈 받고 하는 일인데 그 정도는 해야지. ⌣ ⌣

지루해서 죽는 줄 알았다. ⌣ ⌣

어쩌다 세월을 정통으로 맞았네! ⌣ ⌣

안 보니까 살 것 같더라! ⌣ ⌣

못생긴 게 성격이라도 좋아야지! ⌣ ⌣

아주 쪼잔 대마왕인 거 같다. ⌣ ⌣

10초 후 다음 페이지로 넘겨보세요

난 다시 태어나도 당신하고 결혼할 거야. ⟶

우리 친구처럼 가깝게 지내요. ⟶

처음 만났을 때 홀딱 반했었지. ⟶

넌 잘 할 수 있어, 힘내! ⟶

용기 있는 행동에 박수를 보냅니다. ⟶

다른 사람은 몰라도 나는 너를 믿어. ⟶

이거 얼마 안 되지만 어려울 때 보태 써. ⟶

다음 생애에는 부디 인간으로 환생하지 마라. ˘ ˘

내 물주가 돼 줘라! ˘ ˘

콩 꺼풀이 씌어도 한참 씌었지.도대체 어디가 좋았던 거야? ˘ ˘

능력이 안 되는데 괜히 헛심 쓰지 마라. ˘ ˘

간덩이가 놀러 나갔지. ˘ ˘

내가 널 뭘 보고 믿겠니? ˘ ˘

참, 진짜 얼마 안 되네. ˘ ˘

10초 후 다음 페이지로 넘겨보세요

너한테 이제 잘할게.　　⟶

남편이 내게 얼마나 다정다감한지 알면 놀라실걸요!　　⟶

미친놈한테는 몽둥이가 약이야.　　⟶

입맛이 없어서 도통 뭘 못 먹었어.　　⟶

초대해주셔서 감사합니다.　　⟶

이젠 장가가야지.　　⟶

흑흑, 너 변했어!　　⟶

잘하겠다는 너의 기준은 도대체 뭐냐? ◡ ◡

내가 왜 놀라야 하지? ◡ ◡

그 약 너나 처먹어라. ◡ ◡

문 앞에 잔뜩 쌓여있는 배달음식 그릇은 뭐지? ◡ ◡

너희들 좋자고 하는 행사에 왜 부른 거냐? ◡ ◡

가진 게 없는데 어디 오겠다는 여자가 있겠냐. ◡ ◡

너 하는 꼬락서니 봐라. 안 변하는 게 미친놈이지. ◡ ◡

10초 후 다음 페이지로 넘겨보세요

너 나랑 밥 먹을래, 죽을래?　　　⟶

많이 모자란 제게 따님을 주셔서 감사합니다.　　　⟶

오늘 데이트 정말 즐거웠습니다.　　　⟶

친구들이 다들 놀라더라. 하나도 안 변했다고.　　　⟶

미쳐도 곱게 미쳐야지.　　　⟶

있을 때 잘하라고 했지?　　　⟶

아주 상남자야.　　　⟶

야, 선택사항도 정도껏 동급으로 제시해야지,
어떤 미친년이 밥 안 먹고 죽는 거 선택하겠냐! ⌣ ⌣

그니까, 백지장도 맞들면 낫다니까! 머저리끼리 한번 잘살아보라고! ⌣ ⌣

살면서 한 번쯤은 선행도 해봐야지! ⌣ ⌣

그렇겠지! 예나 지금이나 그 싹수없는 건 ⌣ ⌣
방부제 처리한 것처럼 그대로니까!

그래서 머리에 꽃 꽂았잖아~ ⌣ ⌣

잘했으면 계속 빈대 붙어 눌러앉아 있었을 텐데, 내가 왜? ⌣ ⌣

예의도 없고 개념도 없어. ⌣ ⌣

10초 후 다음 페이지로 넘겨보세요

세상에 미친놈들이 너무 많아. $\longrightarrow$

언변이 참 좋으시네요. $\longrightarrow$

옆집 남자는 그저 자기 마누라밖에 모른다고 하더라. $\longrightarrow$

부인이 참 아름다우셔서 좋겠어요. $\longrightarrow$

저 여자 너무 뚱뚱한 거 같지 않아? $\longrightarrow$

이번 생은 망쳤어! $\longrightarrow$

참 아기자기하시네요. $\longrightarrow$

그 속에 너도 포함되는 거 알지? ⌣ ⌣

사기꾼 기질 다분하네요. ⌣ ⌣

당연하지, 경제 능력이 없는데 다른 여자 만날 기회나 있겠냐. ⌣ ⌣

얼굴 뜯어먹고 사냐. ⌣ ⌣

그래도 저 여자는 뚱뚱하지만, 얼굴은 봐줄 만하지. 넌… ⌣ ⌣

다음 생애가 나을 거라는 보장은 없을걸! ⌣ ⌣

온갖 조잡은 다 떨었네. ⌣ ⌣

10초 후 다음 페이지로 넘겨보세요

요즘은 세상에 나만 혼자 남은 거 같아. →

용기 있는 행동 모두에게 본보기가 될걸세. →

미친년 널뛰기하네. →

그냥 안 본 거로 해줘. →

힘들면 나한테 기대. →

친구들이 네 부도 소식을 다 안 거지. ︶_︶

그렇게 날뛰다간 한 번에 훅~ 갈 수 있다. ︶_︶

그 널뛰기에 같이 한번 뛰어보게 해 줄까?

그냥 소경이라고 생각해라. ︶_︶

의자도 아닌데 기대면 확~ 죽는다. ︶_︶

에
필
로
그

언젠가부터 '좋은 일 없나?'보다는 '아무 일 없는 일상이 소중하고 좋은 거다!'라는 진리를 터득하면서 앞만 보고 달려온 시간이었다.

그 이유에 대해서 골똘히 생각해보니 삶을 지켜나가는 조건이 양호하지 않아서 더 치열했고 정신적 해이라는 사치는 생각할 수 없었던 것 같다. 대부분 사람이 자기가 짊어진 삶의 무게가 가장 고되고 버겁다고 생각하듯이 어쩌면 나 또한 엄살떠는 것인지 모르지만, 그런데도 나름대로 정한 소망을 위해 시간을 견디고 씩씩하게 살아가는 것은 스스로 오지게 지켜나가는 나름의 '룰'이 있었기 때문이라고 생각한다.

따라서 비틀어진 듯 보이지만 가식이 없는, 핵심을 찾아내는 '삐딱이'의 예리한 통찰력과 역발상으로 세상을 보면 새로운 관점이 보이고, 정답까지는 아니더라도 해답에 가까운 길을 찾는 길잡이가 될 것이다.

나는
아무것도
하기 싫다

초판인쇄	2018. 12. 14.
초판발행	2018. 12. 19.

지 은 이	라온
펴 낸 곳	힘찬북
출판등록	제410-2017-000143호.
주 소	서울특별시 마포구 망원로 94 (301호)
전화번호	02-2272-2554 **팩스번호** 02-2272-2555
전자우편	hcbooks@naver.com

※ 이 책은 저작권법에 의해 보호를 받는 저작물이므로 저자와 출판사의 동의 없이 무단 전재와 복제를 금합니다.
※ 잘못된 책은 구입하신 곳에서 바꿔드립니다.
※ 값은 표지에 있습니다.

ISBN 979-11-961655-6-7 03810